重庆作家作品年度选

诗歌卷

重庆市作家协会 编

西南师范大学出版社
国家一级出版社 全国百佳图书出版单位

图书在版编目(CIP)数据

重庆作家作品年度选．诗歌卷 / 重庆市作家协会编；王顺彬主编．-- 重庆：西南师范大学出版社，2018.12
ISBN 978-7-5621-5806-6

Ⅰ．①重… Ⅱ．①重… ②王… Ⅲ．①中国文学－当代文学－作品综合集－重庆②诗集－中国－当代 Ⅳ．① I218.719 ② I227

中国版本图书馆 CIP 数据核字 (2018) 第 302510 号

重庆作家作品年度选・诗歌卷

CHONGQING ZUOJIA ZUOPIN NIANDU XUAN・SHIGE JUAN

重庆市作家协会　编

王顺彬　主编

责任编辑：李君
责任校对：张昊
装帧设计：闰江文化
排　　版：重庆大雅数码印刷有限公司・吴秀琴
出版发行：西南师范大学出版社
网址：http://www.xscbs.com
地址：重庆市北碚区天生路2号
邮编：400715　市场营销部电话：023-68868624
经　　销：全国新华书店
印　　刷：重庆共创印务有限公司
幅面尺寸：170mm×240mm
印　　张：20.75
字　　数：243千字
版　　次：2019年9月　第1版
印　　次：2019年9月　第1次印刷
书　　号：ISBN 978-7-5621-5806-6

定　　价：72.00元

总序

Foreword

为深入贯彻落实党的十九大精神和习近平总书记关于文艺工作的重要论述，进一步激发全市广大作家的创作热情与活力，推动重庆文学事业繁荣发展，重庆市作家协会组织编辑了《重庆作家作品年度选》丛书。

该丛书共计六卷，即《重庆作家作品年度选·小说卷》《重庆作家作品年度选·诗歌卷》《重庆作家作品年度选·散文卷》《重庆作家作品年度选·报告文学卷》《重庆作家作品年度选·儿童文学卷》《重庆作家作品年度选·文学评论卷》，汇集和展示了重庆作家近年来在全国各类报刊发表和出版的优秀作品。这既是一次检阅，更是集中的推介，希望通过这一载体和平台，让广大读者全面领略重庆文学近年来的成就和风采。

《重庆作家作品年度选》的选编工作由重庆市作家协会各相关文学创作委员会组织实施，市内外知名评论家也分别予以了点评，在此一并致谢。

重庆市作家协会

2019年3月

序言

Preface

2017：重庆新诗发展的几个侧面

作为一个年份，2017并没有什么特别。在偌大的宇宙中，它只是很普通的一年，而且是地球人自己给定的；在漫长的人类历史中，它只是短短的一瞬间；在有文字记载的中国历史文化发展中，它或许稍微长一点儿，但随着历史的不断演进，它会变得越来越短，从365天不断缩小为一个小点，直至最后融入历史长河之中。

而在这一年，中国的新诗界却比较热闹。这和新诗诞生的一个时间节点有关。

在诗学界，关于新诗诞生的时间至少有两种说法，第一种是1917年，当年2月1日出版的《新青年》二卷六号发表了胡适的《白话诗八首》(《蝴蝶》《风在吹》《湖上》《梦与诗》《醉》《老鸦》《大雪里一个红叶》《夜》)，有人认为那是中国新诗诞生的标志；第二种说法是1918年，当年1月出版的《新青年》四卷一号改用白话文，并发表了胡适、沈尹默、刘半农三人的九首白话诗(胡适四首，沈尹默三首，刘半农二首)，有人认为这些作品才开了新诗创作之风气。当然还有别的说法，比如认为新诗观念的诞生比这两个时间点还要早一些，甚至找到了一些类似白话诗的文本作为证据。从朱自清开始，学界的大多数人都认可第二种说法。朱自清在《中国新文学大系·诗集·导言》一开篇就说："新诗第一次出现在《新青年》四卷一号上，作者三人，胡氏之外，有沈尹默、刘半农二氏；诗九首，胡氏作四首，第一首便是他的《鸽子》。"我当然也倾向于这种说法。1917年之前肯定有新诗（白话诗）观念的出现，但一种文体的诞生不是以观念的出现为标志的，而应该以相对成熟的文本出现为标志。胡适在1917年发表的作品自然有白话诗的气象，但更多的还是类似于"放脚"的旧体诗，作为新诗的文体特征还不够明显。而且，1917年的《新青年》上，除了胡适的几首诗，几乎没有再出现过类似作品，没有形成新诗创作的潮流。1918年初出现的九首诗，不但将个人探索扩大到群体创作，在文本上也更自由，更符合白话的特征，关键是，当年开始的《新青年》多次发表白话诗作品，同时延伸到小说、戏剧等其他文体，使白话文学逐渐成为一种潮流，并最终代替文言作品而成为中国文学的主体。

不过，我不想在这里就这个问题展开更详细的讨论，因为对普通读者来说，他们不会花费太多的心思关心这些问题。我只是想说，新诗的诞生无论是在1917年还是1918年，2017年都是一个具有特殊意义的年份。如果承认新诗诞生于1917年，那么2017年就是新诗诞生一百周年；如果承认新诗诞生于1918年，那么2017年可以看成新诗百年的"收官之年"。人们都可以在这个年份找到一些"狂欢"的理由。事实正是如此。2017年，全国各地的许多诗歌社团、期刊和其他一些文学组织举行了一系列的纪念、庆祝活动，评选了各种各样的奖项，不少人挣到了一个又一个“奖牌”，整个诗坛呈现出一派热闹非凡、盛世狂欢的景象。

但是，真正的诗歌是安静的、向内的。2017年的诗歌没有因为一个特殊的时间节点而突然沸腾或者暗淡下去，它只是按照自身的规则静静地延续，就像延续诗歌文化的血脉一样，甚至只是像一条小溪，一点一滴地汇聚，仅仅是因为还在不断发展着的新诗不能够被阻断前进的步履。据我所知，重庆市作家协会早在几年前就有按照文体编辑出版文学年选的计划，只是到了2017年才得以实施。这个年份不是故意挑选的，只是恰好遇到了。

本选集是由王顺彬、金铃子代表重庆市作家协会诗歌创作委员会具体负责编选。我相信他们对重庆诗歌的了解和判断诗歌优劣的眼光。但是，当我拿到这本书稿的时候，还是产生了很多感慨，也获得了一些惊喜。

老一辈诗人慢慢淡出了诗坛。在这本年度选集中，20世纪30年代及其以前出生的诗人几乎没有位置了。这让我感觉有些悲凉。不少出生在这个时段的诗人在年轻的时候为重庆新诗乃至中国新诗做出了不小的贡献，但是，随着年事越来越高，他们创作的作品也就越来越少，有些人已经看不懂，跟不上当下诗歌的潮流了。时间是残酷的，艺术的发展也是不能阻挡的，在新诗发展中，总会不断有新人出现，不断有新的抒写方式出现，不断有新的作品出现，而且，在正常状态下，人们的阅读趣味、审美观念也是在不断变化的，诗歌队伍中新人取代老人是自然规律，也是艺术规律，我们无法阻止。不过，我历来对长者怀有敬意，我们的诗歌能够有今天，那是前人不断摸索的结果，是前人经验与教训的积累。忘记历史就意味着背叛。作为一个诗歌爱好者,我会记住那些写进了历史的前辈诗人,记住为了诗歌艺术而默默探索的前辈诗人,甚至记住那些最终被普通读者忘记的前辈诗人,希望他们能够以健康的体魄和心态,关注和支持比他们年轻的诗人的创作,关注更加丰富多元的新诗。

出生于20世纪四五十年代的诗人分化比较明显,有一些已经基本停下了创作,有些在创作数量上明显减少,但还有一些诗人在坚持着,不断探索新的诗歌之路,不断推出新的作品,比如傅天琳、李钢、华万里、柏铭久、王明凯、谭朝春、谭明、施迎合、王顺彬、吴海歌等,这或许是因为他们拥有比较丰富的艺术储备和创作经验,这种储备和经验既包括精神层面的,也包括艺术层面的,这些经验在新的时代语境之下依然散射出来,闪射着耀眼的光芒。相比于年轻时候的闪耀,他们现在的创作更沉稳、更具有底蕴,虽然在诗歌的语言、技巧、探索性等方面不一定能够引领诗歌发展的潮流,但他们推出的作品是厚重的,也和已经积淀为普遍共识的诗歌观念更为合拍。这样的诗,可以为我们提供多元的、丰富的艺术营养,是重庆新诗发展中不可忽视的重要部分。在这个群体中,傅天琳、李钢在年轻的时候就拥有了全国性的诗名,他们在20世纪80年代就获得过全国新诗(诗集)奖,傅天琳在年逾花甲之后获得了"鲁迅文学奖",是重庆获得该奖的第一人,他们现在依然是这个年龄段的重庆诗人的名片。

20世纪六七十年代出生的诗人是当下重庆新诗创作的主体力量。这本年度选集里,差不多一半的入选者都是在这二十年出生的。他们正处于年富力强的时候,人生的积累已经到了火候，艺术观念相对定型但没有僵化，艺术的探索精神依然存在，而且有时间、有精力、有心力去对人生、现实进行深度打量和思考，去关注和思考诗歌艺术的现状与走向。李元胜、冉冉、冉仲景等毫无疑问是“60后”重庆诗人的代表，他们长期坚持创作，作品的个性鲜明，在诗歌界拥有较大的影响。李元胜还获得了“鲁迅文学奖”，为重庆诗歌争得了荣誉。而杨矿、吴向阳、何房子、简云斌、赵兴中、钟代华、彭逸林、欧阳斌、唐诗、哑铁、冬婴、张天国、刘冲、石子、李尚朝、海烟、王老莽、周航、郑立等，也以各自的艺术探索获得了大家的认可。重庆的“70后”诗人相对比较集中，张远伦、唐力、杨犁民、宇舒、李海洲、朱周斌、金铃子、刘清泉、姚彬、徐庶、宋尾、梅依然、泥文、白月、周鹏程、张守刚、李苇凡、红线女、熊魁、何真宗、单宇飞、海清涓等，在艺术追求上异彩纷呈，体现出多元的艺术探索路径。不少“70后”诗人还处于可塑性很强的年龄，有些已经获得诗名，有些还在逐渐成长。最近几年越来越为人所知的梦桐疏影（张鉴）、弗贝贝、简、阮洁、蒋艳、蒋兴明、泣梅等诗人，都有不错的收获，而且具有进一步发展的潜力，假以时日，他们定然能够取得更大的成就。

20世纪八九十年代出生诗人甚至更年轻的诗人，可以看成重庆诗坛的新生代，他们也逐渐成长起来。相比而言，重庆的“80后”诗人在数量和影响上还没有得到足够的显现，人数也相对较少，蒲俊杰、杨康、吴小虫、谭词发、王步成等都是其中比较有特点的诗人，他们在不少报刊发表了作品，但愿他们能够坚持下去。“90后”“00后”诗人是重庆新诗未来的希望，这个群体有些已经显示出让人惊喜的创作实力，有些才刚刚走上诗坛，余真、左手、张勇敢、楚茗、陈放平、孙澜僖、徐毅等等都有各自的特点。尤其是余真,她的诗歌感觉很不错,在感受生活的敏锐度、语言表达的陌生化等方面,具有相当突出的天赋,其作品已经走上了不少有影响的刊物,也获得了不少奖项,还参加了“青春诗会”,是到目前为止参加“青春诗会”年龄最小的诗人。这些年轻的诗人在艺术观念、艺术手法等方面还没有完全定型,具有相当的可塑性,只要他们不断夯实文化、生活积累的根基,在关注诗歌艺术历史的同时也关注当下诗歌发展,在关注外国诗歌的同时也思考中国诗歌的走向,在关注自己创作的同时也关注他人的探索成就,认真处理好个人与历史、文化、时代和他人的关系,相信他们一定会有更大的收获。我甚至认为,他们必须获得更大的成就,因为重庆新诗的未来需要依靠他们来支撑!

我没有和编者详细沟通入选诗人、作品的具体标准,比如哪些诗人可以入选,在哪种级别的报刊上发表的作品可以入选,等等。如果我们细心梳理,就会发现,在我们熟悉的重庆诗人之外,还有另外一些熟悉的名字,他们在过去属于重庆之外的诗人,而现在因为退休、工作等原因较长时间生活在重庆,甚至和重庆诗人打成了一片,比如洋滔、娜夜、苏柃北,等等,还有一些在重庆的高校读书,而后又逐渐离去的大学生诗人。这些诗人的入选一点儿都没有问题,一方面,他们在重庆生活、创作,在重庆留下了他们人生中的一个独特的诗歌时期,肯定会在他们的人生与艺术历程中产生不可忽视的影响;另一方面,这些诗人中有很多是影响不小的诗人,娜夜还是“鲁迅文学奖”获得者,他们在重庆生活、创作、交流,给重庆诗人、诗歌创作带来了一种外在的艺术营养,是对重庆诗歌发展的支持。在入选诗人中,还有一类诗人,我们通常称他们为“重庆籍诗人”,这些诗人出生在重庆,但后来一直在外地工作,为了加强与这些诗人的联系,以家乡人的身份关注他们的创作,收录他们的作品也是没有问题的。根据我的了解,本书就收入了李永才、赵晓梦、刘德路、熊游坤、杨胜应等人的作品。不过,如果信息掌握不准确,这类诗人最容易出现遗漏,我们至少还可以列举很多具有这种身份的诗人,比如叶延滨、张永枚、张永权、鄢家发、梁平、刘滨、李亚伟、柏桦、何小竹、庭屹、谢长安,等等。如果这些诗人甚至更多的诗人能够按照一定的标准受到关注,那么,“重庆籍诗人”的队伍可以壮大许多,也更能够体现重庆诗歌文化的深厚底蕴和强大的延展性。

就作品数量来看,重庆诗人在2017年发表的作品还是很可观的,但是,我们也注意到,在全国重要刊物、报纸发表作品,尤其是发表组诗、长篇作品的人还不是很多。如果仅仅依据刊物、报纸的级别来确认诗歌的优劣和影响,或许可以说,重庆诗人的整体创作水平、在全国具有的地位和影响都还有待提升。这种评价的角度肯定存在偏颇,就如学术界按照刊物级别来认定科研成果的质量一样,受到过很多质疑。不过,全国有影响的刊物、报纸在很大程度上是经过长期的口碑积累而获得地位和名声的,一般来说艺术视野更为开阔、选择稿件更为挑剔、艺术要求更高、读者的范围也相对更广、产生的影响自然也就越大。因此,从刊物、报纸级别的角度评介一个地区在一定时期内的文学成绩,还是有一定的道理的。不过,具有提升的空间就拥有潜力和希望,这也给我们留下了一份属于未来重庆新诗的光芒。

我不知道编者具体的稿件来源和选稿标准，但是，根据所选文本看，我估计主要稿件来源是自由投稿，这种方式自然有其好处，相对比较简便，但也可能存在一些问题，比如可能会遗漏一些安静的写作者，入选作品也很难说就是重庆诗人在2017年发表的最优秀的作品。因此，编选这本年度选集只能算是完成了一个任务，不能说它就一定代表了重庆诗人在2017年度取得的成绩。如果今后继续编选类似的选集，或许可以考虑改变一下稿件收集、选择的方式：一是制订收稿标准，比如哪些报刊发表的作品才能收入，哪些报刊则不予考虑；二是将重点作者约稿和自由投稿结合起来，尽量避免遗漏当年的重点作者及其作品；三是对入选诗人的身份给出一个比较明确的界定，比如“重庆籍诗人”就比较复杂，在外地工作的重庆籍诗人很多，有些人在诗坛上具有不小的影响，但他们或许没有见到征稿消息，或许不会主动投稿，因此，对于这部分诗人，要么不收，要么主动向他们约稿，否则就可能给人一种印象：重庆籍诗人似乎没有几个！

拉拉杂杂说了这么多，并不是完全针对这本选集的。作为一个长期生活在重庆的诗歌爱好者，我一直关注重庆诗人取得的成绩，也对重庆诗歌的未来满怀希望。即使指出了一些问题，提出了一些意见和建议，那也是因为我希望重庆诗歌发展得更好，希望重庆诗人创作出更多的好作品。如果有说得不妥当、不全面甚至存在偏颇的地方，希望朋友们予以批评指正。

蒋登科

2019年4月10日—15日，于重庆之北

目录

Contents

徐毅

Y

洋滔

杨矿

杨犁民

宇舒

姚彬

凹汉

AO HAN

逝者如斯

一个山村音乐人曾庆超毕业于著名音乐院校
早已失去了架子鼓王的霸气
多年雄壮的男高音,也已经变得越来越沙哑
他每天召集村里几个
热爱音乐的留守中年男女翻山越岭
背着装在木箱里的音响、架子鼓、电子琴、吉他……
为山村各个丧事喜事送去最美祝福
他丰满而美艳的老婆曾跟随他一起能歌善舞多年
可是现在老婆逝去,女儿也远嫁到重庆
他只有一个人继续留守山村甩甩长发气运丹田
一个个轻盈而灵动的哆来咪法索拉西哆
为多少山村逝者送去子在川上曰:
生命就是时光的流水啊！逝者如斯夫,不舍昼夜

归还

命运终于向王红梅婶子,勒紧死亡绳索

在乳腺癌多年病痛的折磨中走完人生
死亡——或许才是她最超然的解脱
按照大巴山人传统的礼仪,一起为死者默哀
看风水,择坟地,敲锣打鼓播放高音喇叭
为死者点燃响天的铁炮摆满鸡鸭鱼肉九盘十碗
村里剩下的乡亲们多次经历着死亡之奠
习惯了,麻木了,泪干了,恨尽了……
而死去的人啊与常年漂泊不归的人又有何异
都是留下山村无尽的清冷与沉寂,野草狂乱疯长
趁这圆月之夜托体还未融入大巴山之前
为缠绕死者一生的苦闷忧愁彻底清洗欢欢喜喜
归还她一个干净吧,归还她一个风光吧

——原载于《星星》2017年第7期

至今没有说一声我爱你

我带着难忘的胃口
爱的毛病
千万里归来　衣服没换话没说就急忙跑到堤上
我喜欢这疙瘩　河流的几道弯
杨柳沙滩河水
在我心中一清二白
我喜欢高粱米、水饭、黄瓜蘸大酱的
黄昏　夕阳
踉跄的地平线好像从没有改变

难忘的日子　锋利的刀片从嫩葫芦旋下几米长条
左右手倒着
传递依依不舍　临行前
背挎手提拉拽一堆箱包
我故作轻松在你面前来回试走
一句话哽着
我是我自己的绊脚石　上车了
脸望别处
泪水夺眶而出

风一直在吹

风一直在吹　风我在熟睡的时候想翻检什么
风从深深峡谷对面的山顶吹来
潮水般涌来的云瀑
那躬身冲浪　激情澎湃无限忠诚的人
我离自己越来越远

风掀翻岁月　云影揭开大地的伤疤
什么在闪光　贫穷
一片难忘的玻璃
谁还在那后面穿针引线

风将自己装入一个特大信封邮寄到哪里？

跨越护栏　我在悬崖边站立多久了
你是否还在望我
多么干净的风
让心低些更低些
松涛阵阵　远山如浪
我是缝补了又缝补没落下的帆
天边呵天边

断崖

从高速路下来　回望

阿里山和背后的武夷山……

遮挡一切　仿佛从未断折有过裂痕

山岭前赴后继逶迤而来

面对不断涌来排山倒海的太平洋的海浪

仍前倾前行

将无数疯狂扑来的台风关进笼子

不管头顶滚滚的浓云和闪电

那些想归家的亡魂

搀扶着站起来

我忽然哽咽　无言

除了颊上泪水一切都过于矫情

夕阳从胸前裂开的伤口

滚落　染红苍天

盖上不肯瞑目的大海

——原载于《诗歌月刊》2017年第12期，选入本书有改动

白
BAI

月
YUE

月亮

我永远得不到的一根骨头
我体内一直缺少的一根骨头

幽默的黑夜
嘲笑我的空洞:可以安置一所教堂

我心不跟任何人开玩笑
她披着黑纱,像一个修女走过

在深夜的长廊里
我去倒最后的垃圾:此时。如果

快乐并不想留下什么
我突然感到世界很干净。绝望那样干净

性

我亲眼看到我的母亲
她把直尺往那儿一放
用画粉在某个中点,反正
在她需要的刻度上
随后我听到“咔嚓——”的声响
剪刀下,细碎的布条像无力的风暴
落下来。紧接着我看到
扁平的两只手臂、两片前胸
空洞的领子在桌面上呈现它们的要求

我亲眼看见她踩动机器
越来越快
“咔咔咔”的声音从冰冷的机头爬出来——
一头梅花鹿的呻吟
母亲觉得不够好听,也许是的
她觉得不好听
她打开机箱,把机头翻开
朝那些秘密、复杂、阴暗、纠结的
零件上点润滑剂。使咔咔声置身海底

我目睹我的母亲
她工作时戴着眼镜,那时她还年青
针尖扎进布料然后出来
又扎进去。无论开头还是结尾
母亲都不放心,来回多扎两针

这样就不容易撕裂
母亲站起来,机器停止响动
她将做好的衣服在胸前抖了抖,捡去白色线头
唤我过去,要我把手臂举过头顶
并叫我把头从那敞开的黑洞穿过

看旧照片时
我得意地说:这是我母亲用各种剩余布料给我做的
我并不在乎母亲用拼凑的手法打扮我
我只是感到那"咔咔咔"的声音,像我生孩子时的
最后一个过程:缝合

——原载于《中国职业经理人》2017年第9期

巴 BA 山 SHAN 狼 LANG

春天，一个满怀心事的姑娘

储存了一个冬天的心事
洒脱地挂在李树梨树杏树上
心情好了直接让微笑
一朵朵站在桃树上撒娇

有时候还是会生气
就在山巅铺一层薄雪
或者给洋洋得意的草尖儿上
撒些霜。告诫它们
不要对那场野火忘恩负义

她有个关于梧桐花的故事
不愿在乍暖还寒时太过张扬
除非捎来一些残余的冬天的风
有时也伴有一些冷颜冷雨

拗不过自己的倔强。春天
一个满怀心事姗姗来迟的姑娘

离开又太快。多半是被一个
火热的帅哥迷住了心窍

——原载于《诗选刊》2017年第5期，选入本书有改动

依斗门

依斗门无依。老城已自沉江底
那些有名有姓的城墙和石头
蹒跚地爬上卡车像候鸟一般迁徙

暮色降临石头和石头在新的老城墙上
窃窃私语。他们依靠专家考证
黏合在水的岸边并且整体后移

高矮胖瘦都跟从前一样。城门洞里
甚至看见龙舟赛拥挤得没能穿过去的风
或听见棒棒歇脚时汗水噼啪往下滴

我只是喜欢独坐城墙边把汽笛声声
坐得有些文艺。轮船上下穿梭
偶尔看一眼这片千年古城
故事在江水里奔腾，和桨片汇合

京华在何方？每依北斗望

故乡在沉入水底时那圈涟漪里

新建的古城墙里没有老树的根

——原载于《绿风》2017年第5期

陈家坪
CHEN JIA PING

街灯

暮色在雕刻街灯，经过上一个世纪的美食街。
那时，饥饿还闪着太阳的光，
我仍在乡村彷徨，倾听远方的召唤，
幻想的未来是人的倒影。
今天，车辆绕着大街奔跑，
在落日与地平线之间，人们闭上了眼睛，
我知道，有一个真理在沉睡中把我模仿，
当我醒来，只有黎明在微笑，
我经过的，仿佛是一场遗忘，
在你的叫声中获取了从前的名字。
我突然想哭，像早已记不清第一次那样，
肯定世界在我离开以后会回过头来打量。
而此刻，繁星已布满苍穹，
再也无法置身旷野的宁静，
永不能理解时代对于一个人的安排，
因为我的生活并不是一个人的生活。

失踪的孩子

就是两只眼也不够用，
谁看见失踪的孩子？
就是翻开书，也得合眼，
就是不看，也在想，看什么。
房屋已拆迁，只剩门。
门没有框，只剩一瞬间的倾斜。
就是睁眼，也看不见什么在倒塌，
只听见轰鸣，在听到之前停息。
只知道寻找孩子的父母失踪了。
孩子早已归来。
孩子就是贪玩，玩一个自由的游戏，
现在归来，他讲述另外的世界。
就是两只耳朵也听不够哇，
他说出的距离过于遥远，
两张嘴分头呼叫，父母怎能听见？
失踪的孩子，回到自己想象的家，
把窗户开成两只眼的形状，
白天装得下太阳，
晚上装得下月亮，
就是睡着也得睁开眼。
寻找孩子的父母看见——那是两口水井，
他们喝着双手捧起的水，
眼泪流下来，盐一样，
他们坚定无比，就是要寻找到失踪的孩子。
否则，永不回家。

父亲

我要重新认识我的父亲，
假如我还没有成为父亲。
我要认识他背后的水田，
我也曾经在那儿播过种。
我的父亲没有养育过我，
如果我违背过他的意愿。
我的父亲比我还要年轻，
如果他保存青春的记忆。
当父亲代表别人责怪我，
我就开始在身体里流亡。
我看见一双歧视的眼睛，
里面却流着父亲的眼泪。
为什么月亮里没有父亲？
是谁望着我在夜里行走？
我离家一路上跌跌撞撞，
父亲知道我不是寻求他。
父亲是心灵的一种声音，
我要是停下来它会动荡。
我不相信我真的很宽广，
可以让全世界听见回声。
我有时会觉得没有父亲，
我就是我跟任何人无关。
我是老天爷忘掉的弃儿，
独自面对人世间的虚空。

冬去春来人慢慢会变老，
对父亲我怀着深深罪过。
我不能每时每刻陪伴他，
像他在我小时候陪伴我。

——原载于《在彼此身上创造悬崖》，杭州：浙江人民出版社，2017

陈 CHEN 天 TIAN 旺 WANG

来城里玩的父亲

来城里玩的父亲
总希望能遇见乡下来的熟人
有时他还发出疑问
那么多人进城了
为什么就碰不到一个两个呢
他在河边的椅子上
与年龄相仿的老头摆谈
打问他们从哪里来
再三探听许久不曾走动的
远亲的消息
来城里玩的父亲
总不习惯这游手好闲的日子
有时他就坐在阳台上
用捡拾来的竹子木料
编制些生活用的小器具
他接到的一个电话
告诉他喂养的蜜蜂分家跑了

从此他就有些躁动起来

他原本安宁的心

似乎被那些蜜蜂带走了

——原载于《诗刊》2017年第20期

陈 CHEN 放 FANG 平 PING

我是一个错别字

我走过一面墙
开始感叹
这个时代
到处充满了病句
进门的时候
我忽然觉得
我就是一个错别字
走进了字典

密码和拼音

老板娘见我东张西望
低声对我们说
Wi-Fi密码就是
“没有密码”的全拼
听懂了没
“没有密码”的全拼

她那生怕隔壁饭店听到
又生怕我没听懂的说话样子
最后让我觉得
桌上的电磁炉
煮着一锅密码和拼音

易巧军为何不说家乡话

易巧军是湖南人
大学毕业后
到四川宜宾当了水手
他写诗用湖南话
在一个诗群里
发语音却说四川话
有人问
为何不说家乡话
易巧军说
在宜宾这边
我如果说普通话
的士师傅就会
把我当外地人

——原载于《诗潮》2017 年第 1 期

陈 CHEN 与 YU

路过石桥铺

这是一个地名也是一个站名
是人间到天堂的最后一次行程
更是如雷贯耳的火葬场
那天早上　深秋的浓雾像一片白花
洒向光线模糊的眉睫断愁
扩散的哀乐如雾霾一样昏厥
直到坐椅主动站出来
一片片白花像一只只白蝴蝶
组成一座为亲人送别的天桥
石桥铺没有石桥　有许多人行天桥
天桥下面的店铺密如蛛网
许多人经过天桥就驾鹤西去了
许多人是一条街的花圈香烛
是硫黄味的骨灰盒
在柩车上　挂着黑白照片的老者缺乏营养
稀疏的白发是一块盐碱地
不大不小的双眼是两口枯井

那老者像我　是深秋迈进冬天的门槛
血小板凝成固体酱油
静脉曲张　糖尿病剩水留漪
阴雨绵绵的咳嗽加重深秋的困倦
收命的支气管炎准备就绪
火葬场的高烟囱是我抽的龙凤呈祥牌香烟
看不见烟雾但闻得到我的烟味
从肺活量挤兑出超载透支
那是我在人间努力劳作的状况
一生辗转　一生忙碌　一生命苦
想想秦皇汉武唐宗宋祖　享受不到高烟囱
蒙恬韩信李白杜甫岳飞于谦　进不了电磁炉
想想自己　是一盘棋局中的弃子
像一块打碎的玻璃镜片
在光天化日之下的裂隙是深深伤害
曾经的努力是南柯一梦
但我可以进高烟囱　高温度消灭级别
电光石花穿越我的全身形成图案
不见烟　不见雾　不见霾　不见雨
却培养出洁净的空气
化为一朵云　在云朵里进化成一本经文
落进山庙里剃度为僧

略带淡绿的枯叶

淡淡的绿　是留给念想的一口气

是趋向期待的一个宗旨
鸟类飞来望了一眼又飞远了
像天空的风云际会
不知道它的想法　是还想在此筑巢
还是在高枝铺设幸福的宫殿
无论它怎样选择　我都必须感恩
从鸟类的叫声里我知道高兴
是砸在叶片上的一阵颤音
那些忧伤的鸟类雨珠　是大哭后的青春
并不担心拥抱的长久温度
鸟类带回来的歌唱是我的绿色血液
生命元素是一条条叶脉
那是我情感流淌的一条条河水
叶片立即请示自己的心悸
让感动的叶绿素一阵晕眩一阵波及
我幸福地托举鸟类像挺起一个神
悄悄地扯下一根鸟羽作为精神
刺进愿望太少的寒夜
一根鸟羽就是擎天柱　就是测量指数
那时的愿望就是想飞得更高
虽不及鸟类　自信让我学会了如何面对
有几次我真的飞起来了
可惜没有翅膀没有发动机
不知不觉我枯黄了　已过了呼啸年龄
只想找一个适当位置安静下来
向枝蔓讨教种种可能的活法
更多的时候是回望一生的恐惧

那一次在鸟类帮助下我鼓起勇气
刚刚飞起来就遇上指责
有鸟类　有同类　有各个阶层
看不见的战争还引发了冲突地区
我作为一个角色被推到台前
有的说癞蛤蟆吃天鹅肉　有的说鼻子插大葱
说一句下雪,说两句结冰,说三句成为真理
如今　我只剩下一口淡绿的气了
还在想那一次飞起来的过程
有些飘然　有些激动　有些不相信
身体跃动时心跳覆盖了云雾
虽然在树上　但我不再受到约束
像一只鸟　像一缕清风　像一个太阳
听到鸟类在空中叫喊叶片
那是我唯一的一次受宠若惊

——原载于《齐鲁文学》2017春之卷

陈 CHEN 瑜 YU

桃花辞

唤醒晨露，唤出潺潺的溪水
桃花是春风最得意的画作
寥寥几笔，勾勒前世的惆怅
今生的憧憬，绝不在满坡的喧嚣中沉沦

唤来日出，唤醒唐诗中长满青苔的背影
看似枯槁的枝头，孵化着喜悦
这粉红的温暖，是大地独有的胎记
带雨的容颜，饱含千里奔袭的跫音

无意打开花蕊的秘密，只是月光布满记忆
汲水的女子，摇曳着命运的波纹
走近，走进，看灼灼其华
密不透风地融入熟悉而又陌生的野村

——原载于《绿风》2017年第6期

沙漠是唯一的净土

驼是沙漠的印章
驼队是沙漠行走的文字
驼铃声是沙漠的疆域
驼峰是沙漠的具象
沙漠是缓行的流云
沙漠表皮上滑过的风仍然是风
它以极尽抒情的方式
把沙顺应成流淌的水
清扫天空的云渣露出皎洁的月
月光若纱
沙漠袒裸
坚实与轻柔镶嵌
这里不需要水
水早已腐烂
这里不需要城市
城市阻挠着风的畅然
这里更不需要人
人是什么

以创造之名行毁灭之实
这里之所以幸存为净土
是因为人迹罕至
这里仅仅是自由的沙土
不是人眼里的宝藏
这里只接受
阳光的照耀
月亮的看守
星星的问候
风的爱抚
依旧沉默如故
坚持着原始的苍凉

星星是黑夜结出的花朵

因为黑夜
天上与人间产生了最美的距离
仰视的目光
只要能避过云层就可直抵
并饱赏那不死的春天
月牙儿的表情很卡通
顽皮地歪斜着,非哭即笑
中年的蝴蝶斑
或者老年斑
总在月圆时
写在一张古板加刻板的老脸上

模糊且不生动

黑夜的背面
无依无靠的太阳孤悬
独自喷涌着
分不清是吐还是泄
亿万年不止不治
乌云哪里接得住那滚烫的肮脏物
只有宛如拖布的夜
一日一抹即尽

群星璀璨
那是黑夜结出的花朵
当发生爱情时
男人手指星星夸下海口
苦等佩戴或者捧星的女人
仍在望眼欲穿
摘得流星的那厮死在了遥远的海

——原载于《中国职业经理人》2017年第11期

DONG
婴
YING

暮色

当年在乡间，暮色与晨曦
与日当午，与漆黑夜
都是村庄所沉浸的一种语气
来自天上，把来意和需要的秩序
说明得很清晰

晨曦，日出而作
暮色，日落而息
但农事到最后往往比较矛盾
提前，浪费光阴
延后，伸手不见五指

一段暮色刚刚好
归来的农人扛着农具，哼着小曲
黄牛迈着悠悠的步子
身影朦胧，情绪与天相映
像着色均匀的福音

晨曦

瓦片，土墙，基石，桌椅
取材乡土，不含科技
都不硬。加上庄稼荡漾，春水流淌
山色浸染，炊烟缭绕，它们
一律温软、光明，款款进入
朴素、土色的人心

晨曦就心甘情愿照临它们了
那么高远，那么切近
那么短暂，那么悠长
仿佛神灵例行的启谕，红润、明晰
也是软软的，与村庄相辉映
与喜悦共旋律

哪怕只受一次沐浴
一经缅怀，人就焕发熠熠的触须
触动灿烂的澄明

月半弯

月亮是怎么弯的
什么时候弯的，这个弯的
高度、弧度、亮度，因村庄坦荡
人们都看在心上

它当年是一把镰刀
现在想来，还是一把镰刀
夜空的镰刀，收割星星和传说
一派丰收景象

也像它的光分布大地一样
大地有无数把镰刀
仿佛月亮这把镰刀会分娩
家家户户有镰刀

早年收割麦子、稻谷、高粱
现在收割零落的远方

日当午

太阳最大时，人的影子
最小。最小的影子最真实
最正直，其他事物难以嵌入其中
胸口映着自己的头颅

太阳只有一颗，心中所念
只有一个。巡山，牧牛，锄禾
阳光可能夺去的，都要极力挽回
不随水汽蒸腾的，一般不
与运程相分割

汗，不止滴禾下土
也滴荒凉的磐石、沟谷
而用手扇扇风就好了，用衣袖
擦擦汗就好了。始终有阴凉
源于晒不枯的希望

——原载于《诗刊》2017年第10期

邓晓燕
DENG XIAO YAN

日记本

我估计在子夜
它就是一颗暗红之心
灯光下它小声说话
有寂寥的吹拂,它是
一朵半开的花
它有隐秘的通道
从花蕊到根
每一张页码
是一部灵魂的编年史
密密麻麻的花粉
溅到今生的伤口上
哦。这一颗
有虫豸啃噬的果核
这果香中的水与火
这命运喑哑的穿越
有时我怕靠近
仿佛我白昼的表演全被它
识破。夜晚它拿掉我的面具

哦。这滚烫的争斗或我
甘心地妥协
我可以把笔尖折断
但我坐在自己心的屋子真是
痛得幸运
我发誓什么都搁置
在通道里只说风说雨
说门框锁紧
说离开窗台的暗影
就像一只飞鸟
甚至面对这幽深的湖面
我把羽翅收敛

证据

一个抽屉放住宅的
抵押贷款
一个抽屉
放烧毁这个借据的手段
谁是谎言
我看着一个证据的摇晃

你的到来暗示了出口

你的到来难道暗示了出口

有个绝好的说法
认为等待似乎处在一切事物之上
它一方面充满了神力
一方面具备了优雅的禀性
事实上,难道不是它的出现
渴望打开了歌喉
这蓬勃的树枝。这风中的手势
这开花的石头。这爱
足以代表人类把深渊的物质请出来
凤头麦鸡的哭泣、斑鸠的叫声
以及夜莺的鸣啭
都足以表达它们的感觉
森林在海之上,海在礁石之上
礁石在渴望之上
哦,越是悦耳的音乐
越是短暂越是忧郁
你的脚裸四面闪光。你的步履神奇
你看:月亮低悬,它升起得很慢
多像一个囚徒——你的到来将它束缚

——原载于《诗刊》2017年第20期,选入本书有改动

初夏在彭水访绿荫轩

我打算向绿荫轩致意
但绿荫轩
只剩下一个名字,站在怀念中的古榕树
举起一团巨大的绿云
它告诉我:云下
即是绿荫

乌江如同旧事
滔滔不绝地从轩下流过,我站立于
乌江大桥
遥望“绿荫轩”三个斗大的字
刻在对面悬崖的壁上
那是黄山谷的真正手迹,至今,字里
堆满涛声,笔划间
滴着墨水
我想到一位大诗人竟这样被贬到这里
曾经边远的蛮荒之地
作了团练副使,他筑造绿荫轩

读书，写字，饮酒
会友，寄怀
歌吟，长啸，胸中是整个宋朝的震颤
我知道，这里的每朵云
他都看过上千遍
每片榕树叶子，都有他翻阅过的风声
可惜对于他的仰慕
我来得太晚
未能亲自向他老人家请安

千古倾听仍在轩里
我来寻访
虽然轩已不在，空余鹧鸪啼叫和我的叹息
但一旦，当我
把视线从“绿荫轩”三个字上
往上，移动一公分
就有一只鹰凌云而起，升高万丈

诗句中仍然有悬崖，陡峭的黄山谷
令摩围山默默高耸
云烟笼罩着整个彭水县城，我的访古之情
竟是那么的庞大，苍茫
无语……

秀山的风

你刚刚吹到,我就感觉出春天的绿
忘记了暗红的痛
你再吹一遍,我全身的残雪都融化完了
心脏边,又站出了
那只爱情的小鹧鸪。你再吹一遍
可以分开我的一生
看见血液里的花苞哗啦啦地绽放
你再吹一遍
我就要在花灯寨狠甩酒碗,吐出满怀锦绣
对着你高声喊:“秀山! 因为你
我年轻了三十年!”

——原载于《重庆日报》2017年4月25日

怎么能不去？我举手加额去奉节！

一个脐橙

曾经给过我一千只蝴蝶
一千片叶子一千个春天的果园啊
那么多的果子我摘不完
我只要一个脐橙
你把花朵和波涛
都同时刻写在我的履历表上了
一个脐橙就是我和你共同拥有的一切
灿烂的同时兼具阳光和雨水的季节
一个脐橙,从春天走进秋天
在奉节,在长江沿岸打下锦绣江山

人们用勤劳和最大的敬意
对待这个唯一长着肚脐的植物精灵
认定与你同宗
与你血缘相近
汁液如此饱满,口齿如此清新
我住进你的脏腑
听你血液里的水声。日复一日
我就是一个被果汁灌醉的诗人
头沱二沱三沱,沱沱是金
数不清的星宿坠落枝头
三十万种树人生命中的帝王,一个脐橙

一台提款机

当诗人吴丹用手机按下那一瞬

我认定你就是奉节的太阳,多汁的太阳

也是我的太阳！一个脐橙

——原载于《人民文学》2017年第5期

弗贝贝
FU BEI BEI

格桑

大漠空旷。蓝色精灵，说蝶语
仿佛离时光很近，又很远

我想她就是格桑了
微斜地举着花束

在这里，她是独立的，花朵细小
长着小虎牙
有一条条小弧线

风不会掐走花瓣
等果实成熟了，牧羊人才会带着她
跟羊群去流浪

每次相遇，头羊都要在她额头上
吻几下。她点头
就完成了某种仪式

此刻,我弯下腰,她就把紫色
分享给我

邂逅

凌晨,对拖着尾巴的瘦狗招手
我想,这流浪的牧羊犬
找不到家了

望望四周,山不言,风不语
绿莹莹的眼睛,小心地停驻胡杨树下
直到我放弃召唤

帐篷旁边,有从雪山下来的小河
像怀着一颗私奔的心
狼,逐流而来

——原载于《星星》2017年第19期,选入本书有改动

五连林场

兔子在北风里
奔跑的姿态,像是逃难

橙色帽子，白色口罩，橙色反光条
养路工很淡定

铲几下，走一步
再铲几下，再走几步

我行走缓慢，落后于兔子很远
落后于北风更远

养路工更慢，他们抵达林场中心
花了半个月

北风带来的雪
很快追上了他们

——原载于《诗刊》2017年第18期

落叶飘坠的曲线如此美

满天霜,是张继的
荡漾过来的朝代,掀起风云
句中养育乾坤,大渡河上游深处的峡谷
石头的书页,我是一只顽固的书虫
向死而生,雪水泽被万物
金、木、水、火、土,我属水命
人生如此陡峭,朗月疏星亦增苍凉
狂欢的时代,擅长用热血写悲剧
大风吹魂魄,三两盏灯在河岸
数点愁,在胸中
绕树三匝,何枝可栖?
岁月汹涌,漫过词语筑成的防波堤
万物皆有归宿,落叶飘坠的曲线如此美
顿悟是一种境界,不怕黑暗,心中有光明
不畏歧路,怀中有正道
不惧冷漠,内心有慈悲

群星的幽光

群星的幽光映出峡谷的轮廓
一条流水的绷带，裹住岁月的阵痛
今夜，走漏的风声让我难以入眠
我在一根白发上来回踱步
姐姐，我什么都没有了
就让我们烧烤诗歌吧
黄金时代如童年的发辫一样消散
我从尘埃摸到最深刻的本质
折多河两岸黄金般的杨树叶已落尽
姐姐，你一直不在
闹市中的寂寞最寂寞
人群中的孤独是孤独

——原载于《星星》2017年第4期，发表时署名“马迎春”

乌鸦

你是这个山谷中最伟大的乌鸦
黑色之王
粉碎啼叫里的冥河、迷药、怨恨和诅咒
斜眼向天，盯得
白昼发呆
睫毛上隐现彗星细长的光
乌瞳转动
红血凌骨，翅羽间的冰雪，刹那垮塌
突然，你提高嗓音
“哇”了一声，既像尖腔民歌
又像吐出火炭

恺庐之忆

在成都，在雨天，在宽巷子11号
在恺庐茶园
在一位名叫月梅的女人为我泡青茶的柔指纤影里

在适于隐居的片刻
在一本《别碰我的狂澜》的诗集中翻阅自己
在假想的爱情私宅
在阳光斜射
在这青绿潮湿的灰砖墙壁爬满下垂的灯笼花的时刻
远方的朋友啊
我不知道我因何幸福地停留在了这小仙境
即便,落日近在眉睫

会有一个果实让我沉重

这八月有许多问题可论,比如风成金色
石头经霜,鸟语变硬
我的词语添了红叶,爱情
结上一层薄冰……
然而,暮鸦照旧沦为过客
山坳上依然搁着落日
满坡的十字花科植物同样投下阴影
如果有什么值得安慰
那就是
巨大的枝丫上
会有一个果实让我沉重

不必要

——读痖弦《如歌的行板》后仿作而反其义

乌云不必要

雷霆不必要

情人似的雨滴不必要

泥泞不必要

洞穿水仙球的闪电混淆于茉莉花之残瓣不必要

误爱,泪,刺青玉臂和湿梦枕头不必要

孔雀之不必要

麻雀之不必要

晴了的暗伤即便像薄荷茶不必要

心脏边的雪堆积如山不必要

桃花扇折叠在今年的春天不必要

白狐狸的红玫瑰不必要

口腔里的坟墓不必要,夭折不必要,夜蝴蝶不必要

琥珀错在念珠里不必要

麝香牛、麝香鹿、麝香猫之变味不必要

背叛不必要

被视为锁孔的肚脐眼卡住钥匙不必要

双乳峰的迷惑不必要

坏了的天空很快就会修理好不必要

你要忘记所有的花卉不必要

我的河流里有无数不安

鸟声即将涨起来
我的河流里有无数不安
午后稍稍过后
云朵坠落下来,试图
盖住怒涛的愤懑
我不明白这些水在生谁的气?谁又
惹恼了这长长的奔流
是鸟?是鱼?或是
过多的闪电涉水而过?太激动的雷霆
不该在桥中心炸响
狗,更不应该
站在岸上,过早地对着启明星狂吠
我有些失悔,暗自
抱怨:为什么
要强迫山下的一条泥泞小径把我带来这里
这里既没有
悠久的记忆,也没有美好的沉默
除了一幅
险象环生的风景,再难发现:鱼鳃破晓
水藻曼舞,我爱的方式
风平浪静
鸟声已经涨起,一种漩涡状的不安
移至脖颈,我怎能
抱怨自己的河流
怎能指责

另一个我，在这里充满疑问和惊恐
唉！我难道，仅仅于
不知不觉间
卡在了落日的锁孔

——原载于《青岛文学》2017年第8期

何房子

HE FANG ZI

猫

前方那只黑猫，警觉而不怀好意
它蹲在布艺沙发的阴影里
它就是阴影
它在给黑夜定义
悬崖站立，瀑布响彻通宵

它缓慢挪动，河流不安地流淌
直到一场大雨越来越大
你几乎无法理解一只猫的孤独
“多少人的哭泣可以连接起
废品广场和轰鸣的吊车。”
猫缩成一团，确信有些事正在发生

从窗外跑来的闪电
闪过猫的尾巴，这短暂的光
掉进了它黑色的毛发
经过无数的转折，坐实了
忧郁症和气候有关，战栗的枣树

像人一样胃疼
像猫一样，收紧尾巴，缩成一团

猫要尝试一下自我慰藉
细碎的、交叉的猫步，独幕剧的
序曲和终点，多少萍水相逢被省略了
它来来回回，沿着沙发的边缘
确信舞台是空的
确信所有的门都上锁了
唯有半推半就的黑夜无限伸展

祈使句

我说的祈使句谦逊，低头趋向万物
微小而坚定的声音像菜籽
从不过度开花
有时出于偶然，相遇即美好
比如蜜蜂邀你去看油菜花
比如一大片油菜花看着胖子

祈使句有比春天还长的停顿
此时就是所有的时刻
金色的波浪、弯曲的拱桥
一切都回来了。磨得发光的早晨
药丸般的太阳照亮一切杂草
“让春天爆裂。”

"请春天一亿个细菌舞蹈。"

油菜花的祈使句坦白郊外的美
胖子的祈使句像一条直线
借动情的手风琴转向苍蝇馆
"请美食沦陷。"
"让美景开一张远方的路条。"

意识形态的祈使句仍然傲慢
就像某个糟糕的天气
晦暗时分,河沙抱团流亡
在座的各位
请鞠躬
请保护好菜地里孤独的稻草人

在东温泉热洞的黄昏

必须弯腰才能进入。以致敬的方式
锐角分割了热洞内外的黄昏

于外,暮色绵延到了洞口
天空吐出冷气
五布河像一块御寒的棉布
包裹着小镇的腰部
一年即将过去,只有赶路的人
竖起衣领,搓着手,向乡镇的四周

散开，遗下落叶的气息

于内，一股热雾突然逼近你
它弥漫了千年，从未降温
也许一个人的闯入
才叫突然
之前的寂静是不规则的圆形
现在则聚于一点，于我鼻尖
细微的热浪跳转到脚后跟

哒。哒。洞顶的水滴
打在地上，打在我体内的某个角落
哦，不，是角度
是点与面的垂线穿过了弯弯拐拐的岁月
神恩降临，大地之穴
用温泉的热度保存了一颗童心
并为他设计了逼仄的入口
以及入口之外起伏的丘陵和平地
所有的加法无非是
让地气更集中，更盈满胸怀

他赤身裸体，陶醉在热雾中
并分明感到张开的毛孔
有无数的大江奔流，又不断缩小
仅一池泉水，一滴汗
向着热洞敞开
黄昏的体积虽然趋于无限

但如果减去水分，黑夜就会变瘦
热洞就会梦到枯木逢春
石头独自开花，并不理会来来往往
并不默认天地之悠悠

一个沐浴的过客，幸运地加入了
山河重新排序，并见证
伟大的造化，无须推敲和浩荡

——原载于《星星》2017年第16期，选入本书有改动

何 HE 真 ZHEN 宗 ZONG

月光,从故乡流过

我把手伸进白云,抚摸秋月的高处
石宝寨,像一堆橘红的民谣
静卧在长江的碧波之上。江水绕着弯子
幸福地流,白鹭展开翅膀,干净地飞。
孤峰峭壁的楼檐
瞳孔一样灼灼生辉。看一眼麦芒
看一眼针尖,江水上涨,世界放大
睫毛上偶尔的花粉,蘸着蛙鸣的露水
让我越看越兴奋。你的漩涡,你的洁净
我热爱过你月下好看的雪。

我怀念过柑橘的红,玉米的黄,稻花的香
泥土的魂。故乡哟,我是你五谷的儿子。
我站在异乡,我看见你在望我。
我站在石宝寨的寨顶,看见你在掉泪。
我们的声音,充盈着故乡的血
即使是哭泣,也带着喜鹊的呼喊
带着布谷鸟抹亮插秧的手势。

我曾在镰刀的手中，热着，烫着，舞着
为秋天的丰收一次又一次地弯腰，鞠躬。
故乡哟，我是你远游的鱼儿。带着豆腐乳的香
带着“良玉”汤圆的圆，带着乌杨的酒
带着你的有机茶和东坡阴米……
在时光的蔚蓝里游来游去。可我总是
在中秋的月光下想起风雨的痕迹
巴蔓子、严颜、秦良玉
罗广文、何治安、张仰虞、申承基、申英模
冯济安、冯家邦、刘永庆、周雨寰、李宗伯
秦国士、申绪茂……一个名字一个纪念碑
此时，我岂能是一朵简简单单地
经过你的白云。故乡呵
我的母亲，我的天堂。总是在苦难中
让我看见你水漾的喜悦
在江中悄悄地笑，轻轻地翻滚

只是今夜，月色如水，月光如织，月华如歌
我只有亲近和抚摸，只有大声地呼朋唤友
不管你住长江头，还是长江尾
不管你在海峡西，还是海峡东
都来吧，让我们在皓月中奔跑和呼吸
像我们血液相通的亲人们，多么温暖，多么亲切
彼此都喝得烂醉如泥，醉得忘记功名和富贵
忘记前世和今生。

在西兰卡普

因为你,我相信鲜花是有翅膀的
它可以飞到半空,又欢快地落下
恍惚间,在清江寂静深处
白云滚动着碧波,我滚动着爱

因为你,我的内心滚烫着
一个叫西兰的女子的名字,还有
土家的色彩。山川河流,花草鸟兽
一夜间暴涨的传说漫过今生。
我按住起伏的风,按住森林绿色的裙裾
按住清江光滑的肌肤
我还可以忍住。二十五平方公里的江山
穿过高于世俗的空气、尘埃和厌倦
此时,迷醉不仅仅是一个词
更是一个
能填充命运的山谷,漂浮的梦境……

美丽的"花铺盖",美丽的"花铺盖"
民俗的花朵,向世界开放
有多少瓣花,就有多少个祖国
来爱这个世界!

其实，那些左邻右舍

其实，那些左邻右舍
都把家搬进了城里
留下空荡荡的房子
杂草和风的缠绵与厮守
在疲惫的岁月里搜寻着力量
努力地站直腰杆却又弯下
像拄着拐杖的老人牵着孩子
站在田埂上摇晃得厉害的身体
玉米　麦子　稻谷　红苕　洋芋
还有他们咳嗽着吆喝的声音
我把它叫故乡　也叫愁

浓重的乡音
在田野里得意或落寞
孤独，吹拂辽阔的村庄
我的镰像月　收割着朴素的乡愁
其实，那些左邻右舍
是我的整个故乡　我的春夏秋冬
我的喜怒哀乐
在冬天的周末　静静地缤纷飘落
如前仆后继的雨滴
洒落无限的爱
疼在许多人的心头……

——原载于《边疆文学》2017年第4期

在亢谷的大门外

我来的时候,亢谷没有开门
我们被冬天拦在外面
水杉、崖柏、光叶珙桐,的确
被国家重点保护,成了纸上的传说
云豹、白唇鹿、梅花鹿、川金丝猴
真的被珍稀,藏在密林深处
守候“巴山原乡”的美名
我还是向往去野人溪里踩踩水
去月亮岩里坐坐,去天生桥里等一等
是否有一户姓亢的人家
愿意收留一名厌世的女子
冬天阴沉着脸
看起来阴暗,倦怠
仿佛随时会来一场雪
一只乌鸦从远处飞来
她孤独、衰老,羽毛被风吹乱
我决心把她的心灵打开
我们的内心都有浓浓的黑暗

在亢谷的大门外
在远远近近的森林边
我们一起寻找
谁家的屋顶有缭绕的炊烟
土地里有甜甜的大白菜

蒲公英在上

沿途都是矮矮的她们
仿佛要小到泥土的下面去
我没有说尘埃,是因为我匍匐在地的身体
紧挨着她们的小花伞
金黄金黄的,比尘埃更低
那时正好有风经过
焦急地把你推向我怀中
蒲公英在上,我们一起奔向生活的另一面
藏着的暗语,依旧在草地上歌唱
这是爱情的歌声
居住在彼此的目光里
像小小的蒲公英
开出湿漉漉的花
永远不会厌倦自己
永远不会有荒漠
更不会在荒漠中想到死

不想说明天

不想说话的时候
厌倦吃饭和睡觉的时候
在你说的明天一直没有到来的时候
我就想把自己藏起来
那样我就可以直接去城口
找一片森林,或者选一棵树
把自己放进去
尽管世界的道理
并不完全是我的道理
让我躲起来并不是容易的事
就像我要挤出身体里的小和黑
把自己擦出亮光来
只是现在我的身体变重了
我的灵魂也变重了
隔着厚厚的光
我们真能相遇吗
就算那棵树真的存在
就算城口真的可以驻足
而明天,一定就是你说的明天吗

——原载于《延河》(诗歌特刊)2017年第3期

海
HAI
烟
YAN

春水流

只是睡进了唐诗或宋词的笺里
你有罗裙和银簪
搅动一江春水
你理解了春天,即使在黑暗里
也有蓬勃的想象
当你开始理解黑暗
这春之幽兰
便在你寂静的身体上开花
从前世到今生
时间慢得让你忘记了还有灵魂
长得足够用几千年
来遗忘所有的迷途
如今已是春水东流
一纸暮色负了韶光

节日

这一天有人欢呼
有人喝烈性酒，整理遗物
有人劳作，有人正与复发的忧郁症
斗争……
那些生锈的
等同于失踪的声音
它们衰竭了
连同那被各种欲望占有的肉体
因此，我现在遭受的痛苦
我并不感到悲伤
神曾在这个节日降临
也在这个节日死去
现在我应该肃然起敬
为那些尚未发生的
未来的事情——

异乡人的黄昏

很快，我就会陷入那片黄昏里
我是一个带着伤口出发的
异乡人。我在路过异乡的时候
也路过你
我只是路过了你
你有风信子的梦，我有祖传的悲伤

你的每一个词语从我的面颊上
雪花般落下
我只是借助夜色
遮蔽仆仆的风尘
和一颗苍茫的心
并在那黑暗的蠕动中
不断探索
你越来越近的滚滚春雷

——原载于《诗潮》2017年第9期

仙女仙源

仙女山，是一座山，更是一位仙
走进仙女山，就是走进十万亩葱郁
就是走进十万亩鲜美
就是走进十万亩清朗
映山红不拒绝骏马的驰骋
云木香不拒绝风筝的飞翔
金银花不拒绝锦鸡的盘旋
高山柳不拒绝朝拜的虔诚
一只蝴蝶，一只只迷人的蝴蝶
躲进仙女的笑容里，不肯离去
一缕芬芳，一缕缕醉人的芬芳
一边追赶高山的节奏，一边挽留仙女的披肩
山谷用山丘呼唤山峰
草原用绿茵呼唤森林
仙女的一口仙气，让十万亩高山草原
在春天，辽阔成人间仙源

仙女仙宫

鸟声清脆,一片片祥云
被一顶顶帐篷惊醒
微风徐徐,两千零三十三米的凉爽
不能让通天塔独享
漫步只能是漫步,小跑只能是小跑
汪汪碧毯上,一阵仙风在领舞
涌竹跳着涌竹的舞,山茶花跳着山茶花的舞
鸳鸯跳着鸳鸯的舞,三颗针跳着三颗针的舞
仙女山在跳舞,在跳舞的仙女山
似乎是一座远古的神异宫殿
仙女宫在跳舞,跳着仙舞
舞得仙女山万紫千红,舞得仙女宫流光溢彩
一棵高山甘蓝悄悄对一株高山萝卜说
一座会跳舞的仙山,一座会跳舞的仙宫
仙粉一定成千上万,宫粉也一定成千上万

仙女仙梦

仙女池不是仙女山的一串清泪
仙女池其实是仙女山的亲表妹
野茉莉,野菊花,野趣横生
仙池仙瓶,仙鹤仙童,飘飘欲仙
月亮的影子留在月亮的影子里
仙女的影子留在仙女的影子里

白羊那么肥，黄牛那么壮
在金钱草之前，在山梅花之后
做一个简单的放牧人
该有多么自由，该有多么自在
仙女池的梦也是仙女山的梦
当然，是一个注定与水有关的梦
仙女的梦在云海之间
仙女的梦在时光之外

——原载于《重庆晚报》2017年4月10日

简云斌

JIAN YUN BIN

小寒

小寒三日。天地合，以雾霾相许一生

读《金石录·后序》。关心李清照再嫁
退出微信群

贼一样声声慢
在这个黄昏开始掩门，吞下维C

抚摸她的碑帖，流离与白发
偶尔向雨水提及那个春夜，那次醉酒

结束

该落下的，都落下吧
顺着黄昏的余光
请带着那些尘土上路
让雨点，再一次敲响

这个夜晚的骨头

该丢弃的,都丢弃吧
一杯酒,一支曲子
或者一丝生锈的凉风
我把你们扫进墙角
就可以转身了

该关闭的,都关闭吧
闪烁的城市,尖叫的汽车
女人的超短裙
这些都存进了夜色
我只想带走那卷经书

——原载于《星星》2017年第34期,选入本书有改动

简
JIAN

龟石

它守着一座长满蒿草的旧房子
用了多长时间,它才将肉身坐成了龟甲
我很喜欢它低头的跪姿
也许等得太久了
它伸出一只前足立在地上
探向落日的方向
夕光圣经一样沐浴着它
我已深深着迷,这决心赴水的石头

蓬勃

村里的野草太青了
人们一到外省去,它们就长进家里
屋顶都是

人们不种玉米了,它们就长进地里
路上都是

人们不再砍柴了,它们就长进山里
新砌的坟头上都是

长势太好了
就快长进城里了

当一会儿他的妈妈

他站在水缸旁玩儿水
他换下玩湿的厚衣服
他说不出爷爷去哪儿了

他挨着我坐在一根松木上
他甚至小心地把头靠在我身上

就当一会儿他的妈妈
仿佛他外公不曾踢过他
仿佛他忘记了今天只吃过一顿饭

那个六月里穿夹袄的小男孩
那个五岁了
还说不出一句完整的话的小男孩

——原载于《诗刊》2017年第20期

蒋艳
JIANG YAN

影子

它们被黑夜忘却于
孤独的延伸事物中美妙的剧场里，
不出声。
它们真切得如同掰开手指也分不清的
骨肉相连。
在漫长的暗夜试图摩擦出
与剧情的微芒，
只有耐心出奇的平静。
终了，
它们被装扮成夜猫人拖进一无所知的
帷幕后隐藏。

盘山幽径

是什么打开了冬季的大门，
是你吗？还是飞翔的鸟儿？
我们探出的脑袋，寻找冬季的花开，

我们的手足，触碰一些寒流以外的回音。
一山又一山，
山中的飞瀑，山中的峭壁，
我们寻访无人问津的白色山雾。
多么宁静！
耳边有清风抚慰，
水中石头静穆，
鱼儿自在地游。
我们裹紧的衣袖，试图阻止
起伏的浪潮穿透厚重的衣物。
途中，我们的余温迷失，
如同迷失的过往和现在，
前方未知的盘山幽径，
延伸，可见山锁雾中。

——原载于《诗潮》2017年第10期

在想你的彩云湖畔

一切都在行进，一切都在静止，
此刻的我行进在想你的路上，
此刻的我静止在想你的彩云湖畔。
这是清晨，微雨过后的苍蓝，
天空空荡荡，似排尽乌云的忧伤。
在想你的彩云湖畔，棕红色的栏杆，

把潮湿的步道引向满目的春天，
湖水的流向，从南至北，
一如此刻我的目光追寻粼粼的波光。
洗礼后的晨间，鸟儿啼鸣，
从茂盛枝丫泄下斑驳的清欢。
我卑微的肉身，因想你而桃花纷落，
纷落到远方，一路向北，
向苍劲的山峦倾斜。
一切都在行进，一切都在静止，
车辆和路人从我身边交错，
只有我静止在想你的彩云湖畔。

——原载于《重庆晚报》2017年3月7日

蒋兴明

JIANG XING MING

桂花香了

老家屋前的桂花香了
我在遥远的异乡
依然闻到了
那缕熟稔的清香

桂花年年都开
年年都香
这大地恩赐的香味
总让人热泪盈眶

桂花香了
桂花在九月,在我们的
骨髓里香了

——原载于《重庆晚报》2017年9月18日

缝补

母亲在油灯下缝补衣裳
那些扎眼的窟窿
她总会一补再补
补出花的形状
补出一片叶，一颗心的形状
或者就是一个温暖的笑脸

她总是这样
把阴霾补成阳光
把苦痛补成欢乐
把怨恨补成金子般的爱

她像一个称职的裁缝
也像一个园艺师一个建筑师
她那雕刻家的形象烙在了童年
和少年的心坎里

今天，我走在大街上
我穿梭小巷里
母亲，能否顺便为我缝补一下
那些走失的光阴

——原载于《重庆晚报》2017年5月14日

金
JIN
铃
LING
子
ZI

春自有期

3月18日，我在大雁塔下
看曾珍的书画，珠串展。古意难为
一踏上半山书屋
古人们就来了
女人锦罗玉衣，男人冠带袍服
大雁，随那凤冠落下
雁塔晨钟，清脆悦耳
那群得道高僧忙于念经
不爱显山露水
褚遂良在整理《圣教序》
历代诗人写千古绝唱去了
都是懒于应酬的人，他们不来，正好
桃红柳绿时，三月人倍忙
我们来了，这就够了
许你一场皓月禅心，一珠
一世界

而我，在长安城里写小诗

看前朝尽是知己，看后朝，我看了又看

看不到

也罢，你我总在高处，大风吹过

你多做一件霞帔，送我就好

此生，身在俗世

心已花发

——原载于《汉诗·采莲船》，武汉：长江文艺出版社，2017

孔 KONG 兴 XING 民 MIN

夜听草堂

今夜的风,来自
锦官城最有诗意的地方
任风在耳畔怒号
卷走屋上三重茅草
卷不走诗中一片灰瓦
这个秋夜
我不想穿越时空
只想倾听窗外
夜听草堂
风声,雨声,吟诗声
声声入耳
诗圣早已离去
谁在吟诗?
千余年来,草堂缺什么
也不缺梦游的诗人

登望江楼

一座楼，一条江
登楼望江
江水泛着银光
流了一年又一年
流不去一轮明月
只缘不在江中
明月当空
月光压得楼顶嚓嚓作响
谁在吟诗
感觉就在眼前
却看不清她的容颜
三月桃花，在诗中盛开
想摘一朵桃花
纪念这月夜的相逢
最后被月光收走
只留下
一页页粉色的诗笺

——原载于《成都日报》2017年10月4日

李元胜

LI YUAN SHENG

川续断

如此沉重的头颅
如此纤弱的身体

清晨，还要挂满露水，再挂满蝴蝶
黄昏，还要加些盛年，再加些暮年

它微微摇晃了一下，又努力站稳
还能如何，谁不是站在时间的悬崖上

又一次，在如此渺小的容器里
宇宙放下自己的倒影

又一年，它们复杂而甜蜜的齿轮
在黑暗中运转，朝着不可预测的未来

世界或许正由此进化，永不停息
有时凭借它们的奇特思考，有时凭借
它们突然遭遇的阵阵晕眩

无花果

这肯定是疼痛的，也是漫长的
把大地缓慢地卷成一个果实
它一个春天，需要几十万年的缓慢

像一张地图
把北京、上海、乌鲁木齐、三亚
卷起，这些多汁的籽终于挨在一起

但是怎么能紧紧抓住所有的
特别是春风四起的时候
在我的惊呼中，有一个省正快速滑向你

这肯定是疼痛的
是几乎不可能的，如何能把一场暴雨卷起
如何能……唉，那青春里的泥泞

肯定需要几十万年，才能把星辰
缓慢地卷在一起
夜空，这张不再发光的旧桌布

多少道路，会在这个过程中折断？
我这年久失修的桥，承受着无数悲愤的自己
就像承受着无数飞驰的货车

终于，没有花了，也没有日出日落

一切都卷到里面,包括我们的一切
眼前,没有了世界,只有世界的背影

黄河边

一切就这样静静流过
云朵和村庄平躺在水面上

像一个渺小的时刻,我坐下
在无边无际的光阴里

悲伤涌上来,不由自主的
有什么经过我,流向了别处

每一个活着的都是漩涡,比如马先蒿
它们甚至带着旋转形成的尾巴

蝴蝶、云雀是多么灵巧的
我是多么笨拙的,漩涡

有一个世界在我的上面旋转,它必须经过我
才能到达想去的地方

——原载于《诗刊》2017年第19期

李钢
LI GANG

山歌

那天我就在山歌里坐着
环视九座山峰遥遥矗立
白云飘浮,随风而动
云上是天空
云下是寨子

然后我起身在山歌里游荡
溪水潺潺,从身旁流过
五条山溪是不息的血脉
一条用来生育
四条用来恋爱

女人盛开在七个花谷
男人们耕作,男人们播种
牛儿慢慢咀嚼着季节
牛是祖祖辈辈的牛
人是世世代代的人

石磨把豆麦磨成了时间
灶火把岁月煮成了往事
年过去了,年又来了
老玉米在檐下金黄地笑着
辣椒红得简直要出嫁

是谁最初吹响了木叶
谁用山歌搭建了十三座村寨
我走到山歌之外,回首看云
云上是梦境
云下是日子

女儿谷

女儿谷透明如一汪清水
我滴下一点惊叹即将它染蓝
那儿的窗户镶嵌着山色
那儿的房顶停着悠闲的云
那儿的故事是带韵的
那儿的酒桶只酿陈年的歌谣
那儿的田野散发着芬芳
那儿由溪流引路,不负责回程

那儿的少女都是孪生的
花朵是四季的
藤蔓是缠人的

就连山风也是d小调的
而我是很安分的

那儿的粮食都是天然的
床是摇晃的
温度是八月的
梦是多汁的
并且是不容易醒的

那儿的夜晚是撩人的
星星是一把一把的
那儿的山歌足以摄魂
立刻就会招来情敌
那儿的人们古典纯朴
他们用太阳生活,用月光致幻

我刚从女儿谷回来,别问
别问我女儿谷在哪个方向

板夹溪

你祈祷生命一世世绽放
你许诺爱情成熟在四季
你用无尽的水声召回远离的人
你用一滴幸福溅湿新生的面孔
你的长度就是乡土的长度

你的蜿蜒蜿蜒着一代代的生活
板夹溪啊
你是家园不竭的史诗
一声叹息就是所有人的叹息
你是家园粗壮的血管
所有人的血管都是你的支流
你欢乐你忧伤
你流淌你穿越
你是一条女性的臂弯
十三座村寨枕于其上
深深地呼吸

——原载于《重庆晚报》2017年9月24日

李 LI
永 YONG
才 CAI

乌江渡

在这样的野渡停留，是奢侈的
因为它不是码头，却始终保持了
码头的清醒与明智
在这里，不是每一粒曙光
都可以捉摸
过了江东，也许才能找到少年的天空
而辽阔的表达，如此的出其不意
让橙色的旅人流连忘返

乌江的表情，是天真的
但我却无法理解，帆樯下的深奥
它有崇山一样的绵亘和气势
而流水无声
以亘古不变的方式，接近真理
如一浪高过一浪的人间盛事
我知道，更多的阴险
不在这里，而在别处：
那些鲫鱼一样的小贩，陈腐的气息

怎样在桅杆下，如水草一样蔓延

这一切之外，是泊船最后的渴望
有一只白鹤的指引
它们向东，是一种更为深刻的感觉
或许是习以为常的路数
生活在这样的市井，总是耽于幻想
从一场秋雨开始，我就预料：
在这时光打磨的渡口，整个幸福的秋天
并非无中生有

——原载于《诗刊》2017年第12期

飞鸟与上帝的谈话

有那么一点旧时光
我们站在少年，和女警察的心上
时光之流云，逃往南山
沸腾的日子，被卷进一片小丛林
是时候上路了。

海棠红春树，我们用杂乱无章的枝头
记录花朵们的悲欢
正午的阳光和笑语，从头顶流过
让人感到，体内的茅草

有些潮湿和鲜艳

记忆中的植物,再度出现在园中
我们拾阶而上
走出阳光布下的棋局
一段山水路程,有些朴素的光芒
是飞鸟与上帝的谈话

谈论春雨,春心。枯藤和人头
可以忽略。
人心流变,春柳开始发芽
生活如雨,又酸又甜的气息
在你的脸上飘起来

——原载于《山花》2017年第8期

叶落秋风

起于沙滩的秋风,吹进解放路
那些拥挤的耳朵
每一只耳朵,都充满了婴儿的微笑
你可以听闻丝竹上的浪漫
比如一枚桑葚,享有糖果的酸甜
一切形而上的影子
都如落花的欢呼,猎猎作响

时间像是在午后，阳光埋伏窗台
倾听这些红色、白色、黑色
五光十色的声响
饱受雨水的粉刷，正在衰老
像一堆臃肿的建筑，塞满了局促的空间
一些浮华，虚高和衰退的本质
像斑斓的虎皮，铺陈于高高在上的台阶

一群失眠的鸽子，立于教堂之手
居高临下，缓缓地，
在烟花巷，一些凉鞋、拖鞋、解放鞋
招摇过市。时光踩下的日子
如一场宏大叙事，无声地流去
流水经过的地方
民谣和稻田所剩无几

——原载于《星星》2017年第13期

李 LI
海 HAI
洲 ZHOU

下浩街的最后时光

一切都是这样，还没有开始告别
就准备着离开。左邻的狗给右舍的猫梳妆
豆花鲫鱼和玫瑰糕泪眼相望。
这旧地球即将成为标本，推土机的齿轮
就要让时代入土为安，或者化蝶成茧。
什么是茧？是自缚的经济
还是伪文艺的扮相？或者是清凉的记忆里
街檐两边小雨敲窗的咳嗽。

全世界都在怀旧，包括长江的涛声
枕着涛声入睡的山川。下浩街寂寥漫长
那树荫可以装下一生
乔木挺拔扶疏，苦楝花拂落青砖上
他们会有明天吗？或者迁移到另外的星球？
庭院里，临窗剪纸的小爱人旗袍绚烂
她的目光穿过狭窄起伏的巷陌
她有太多迷惘的心事，有秋收冬藏的远方。

是啊，记忆是最痛的
往事会和夜深人静的狗吠一起痛。
是啊，只有在流逝得太快的时候
才能一日看尽长安花，才能让内心的吊脚楼
成为殉道者的墓碑。已经开始了，
这坍塌，这古老，这溘然长逝的车站。
落叶覆盖的门扉前，两个老人想起旧时光
苍黄翻复，只有他们终于白头到老。

新年钟声里给宿醉的兄弟

此刻，谁能读懂我的孤独，谁就是我的灵魂。
此刻，钟声响在心里，
众生的酒杯醉了万水千山。
而我的体内，有一条大雪纷飞的街道
一直堵塞着大雪纷飞的这一世。

又一个新年，活着已经很脏。
太多的美好，里面都深藏着忏悔。
很多时候，我们误会了上天的旨意
曲解了雾霾、航标，道德重负下的欢娱。
我们误会的黑暗，
角落里其实深潜着骨头倒立的声音。
一切都太过沉重。
这风雨如晦，这拉着大海往前走的柔肠。
钟声还在三界外，你合十走在慈悲中。

已经不能只是为自己活
已经不能用愤怒解决愤怒
你长叹一声，随波上了俗世的高铁。

太多人听见新年的钟声，听见衰老。
而我六根已净
独自披衣走向茫茫的蜀山。
你们想成为我，而我早已不是我自己。

起死回骸的赌局

两副中药煎苦的夜晚，是早该凋谢的假期
是时光倒流，来生不能提前。
那灿烂，在第六天归于黑暗
一只妖和一枚精完成了这一切。雨水应景
窗外哭着整个世界伤心的人。

告别迷恋的琐事、小阳台、葳蕤的花骨
告别敲门。告别容易生病。
国王枯槁，大地像缓慢转动的茶色吊扇
难道真的只能置若罔闻？
难道是一偏之见遮蔽了小蓬莱的后路？
叹息着踱步，或者卷在沙发里
只用了半小时，世界就静默得语无伦次。
后来在别人的怀抱里问候早安。

突如其来的地狱,由两个电话构成
那不经意说出的真理
说出了让复活的人重新寻死的理由。
这必败的猫鼠戏,这没有翻盘机会的赌局
总是起死回骸,总是突然展开
然后结束得哀哀欲绝、轻描淡写。

我从此孤城紧闭
把心里那轮落日的苦、痛、安静、杂乱
慢慢熬制成中药。只是不知道
这世界还要坚持多久,才能学会遗忘。

——原载于《诗歌与光明涌现的城池——2017成都首届国际诗歌周诗文选》,成都:四川党建期刊集团　四川民族出版社,2017

李尚朝
LI SHANG CHAO

广场的石狮子

不是说简单的事情就可以忽略
不是说重复的事情就成为累赘

我是一次一次走过
一次一次张望
这两个凝固的动物
它们望着我，一丝不苟
从不把任何细节放过
包括我走路时的倾斜
张皇地回头

这两个动物，它们并排着
生活得多么认真

小雅

我现在不读《诗经》

但我想念小雅这个词
它礼貌，懂事，毫无矫情
它有韵律，暗含平仄
它让我往前走，遇见行人
点头致意，并在桑林间
收集一些快乐
我感觉小雅，像个娇小的少女
不戴头饰，素面朝天
见到我路过，因无意中的抬头
双颊忽起一抹腮红
我想小雅，它是
我们需要寻找的那个词

过去了

半夜。父亲含糊地问：
“过去了么？”
我们都迷迷糊糊
不知道他指的什么
母亲说：“啥子过去了？”
父亲不吭声，天快亮的时候
他又问：“过去了么？”
我想他一夜都在梦中忐忑着
就答：“过去了。”
他终于醒来，喃喃地说：
“过去了！过去了！”
我一直不明白到底什么过去了

问他，他说记不清了
只记得天一直不亮
好多人过不去，天亮的时候
有消息说："过去了。"
我就清醒了
当天，父亲平静地离开了人世

——原载于《红岩》2017年第6期

李
LI
哲
ZHE
夫
FU

在石碑的孔洞里倾听黄河涛声

瞅瞅这株柏摸摸那棵树
一尊石辟邪造像
避不了圣殿的一次次倾斜
罩不住
该活即活该死即逝的灵魂

贴近一块石碑的孔洞
想倾听黄河涛声
回音里
仅有几丝细微的喘息声和几粒鸟鸣
鏖战昆阳的腥风血雨
早已变了颜色
——枕河蹬山
那是汉光武帝永恒的姿势

御河之眼

它在看谁的良心被偷走
谁的皇位被抢占
看了多年
却看不住一个靖康之耻
它瞳仁内核有座城池
它的上眼皮刚好有人经过
一艘游船
在它的下眼皮加快速度
它与他的欲壑
谁能填满

曾经的厚实
在大地三米之下
尖锐过往
被夜不眠的游船划破
彼岸花越来越多
它的芬芳
愈来愈浓郁

清明上河园

这园子最好清明那天去
或许更能看一个值得大颂的宋
还看一个小命都被玩完的王朝

在门外转了转
想起下个月初才是清明的季节

打开《诗经》斯文一番
关于溯流而上或顺流而下
被一个东京搞出一个动静
暖风恰好熏来
一个游客或一群游人
醉在风景里

不诵经或不撒碎银
水的经卷
仅给大地一剪影

——原载于《绿风》2017年第4期

李文武

LI WEN WU

幺公

幺公经常在月光下歌唱
为此,村里的狗
常常帮腔
几颗星子的夜空
倍感凄凉
狗死了一批又一批
人老了一茬又一茬
可幺公还在
还是那个模样儿
经常在月光下歌唱
尽管听歌的姑娘
大多成了故人
尽管他的声音
近乎呜咽
尽管他的坟头
长满了青草

诗人与他的妻子

老婆说:
“你写那破诗
有毛用
既不能填肚皮
又不能暖身子
等哪天有钱了
再写!”
就这样
经常骂得我
狗血淋头
无地自容
可老婆偶尔
也会悄悄问
“老公,有写给我的吗?”
那表情,那语气
往往让我的心
微微一颤

干净

故乡的天空
干净得没有一丝儿云彩
偶尔掠过的鸟影
都像洗过一样

这是儿时的印象
现在,这样的感觉
越来越清晰
故乡的天空
真的特别干净
空洞洞的
什么也没有

——原载于《诗潮》2017年第12期

刘
LIU
清
QING
泉
QUAN

仿佛

——贰厂印象

站在贰厂任何一个点上
都能看到远和更远
仿佛贰厂就是专为删除时间而生的
又仿佛世界真是平的
这里有不谙世事的青年，有百梯，也有梓语手造
这里有祇园精舍，有童模，也有真理客厅……
但这些都不是他们本来的名字
或许他们应该叫星星月亮小太阳
又或许他们身上藏着旧钞票所有的密码
在贰厂，我最想躺下来
那么多老故事听我啰嗦是可爱的
那么多新元素陪着我衰老尤其可贵
仿佛这一切都算不上惊喜
又仿佛贰厂我从未来过

——原载于《诗刊》2017年第18期

轻松

我们一起跑步
在家属区绕着圈儿跑
十八岁的儿子以系鞋带的名义
等待跑得偏胖的父亲,把跑步
干成一件轻松的事情
我们也聊天,聊一些生活的细节
夏天敏养了六只蚕可是桑叶只有五片
李大宝终于学会炒菜可是铲子找不到了
赵淑娟扎了两根小辫可是她的皮筋是假货
他说的这些事没几个人感兴趣
而我想跟他说说我的人生
可是我的人生一旦开始就没有结尾
我们一起跑呀跑
累了他就牵着我的手或者叫我慢慢走
我想跟他说说我的人生
可是一旦开始我就可能找不到结尾
可是自闭是一种病,我不知道我接下来的话
还会不会如此轻松

——原载于《延河》(下半月刊)2017年第8期

在仙女山，谁还奢望举重若轻

仙女在山上，风乱了
我的头发纹丝不动
后来仙女下山，风齐了
整个度假区却又生机勃勃
别说心如止水
也别说曾经沧海难为水
在仙女山，写诗的哑铁不言放下
那么谁还奢望举重若轻
以前我是奢望仙女浪漫的
不管在山上还是山下
现在仙女主要就是一座山
凉风悠悠，碧草如茵
再也不见一袭飘飘的白衣
掠过我的小窗
至于更多神奇的想象
请交由哑铁，还有景区管委会
快意支配

——原载于《重庆晚报》2017年5月17日

刘 LIU
东 DONG
灵 LING

我愿意出生在河谷

我愿意出生在河谷
清晨被第一声鸟鸣叫醒
在这水草丰美的地方
不会贪多一丝炊烟
我们节制着饮食
哪怕在方圆三百里
这里最富庶

这里也最生动
河水很少泛滥
大多数时候它温顺地流过
带来远方的消息
和恰到好处的润泽
而这正是每一位母亲的美德

我愿意出生在河谷
做一个没什么担忧的书生
当日之夕矣,看羊牛下来

在夜晚最静谧的时刻
在哗哗的流水声中
我望着天上的银河
这是最安详的人间

——原载于《重庆新诗日历2018》,重庆:西南师范大学出版社,2017

无所不在的手指

每当琴声响起
他就烦躁
仿佛万千虫子中就多了他这一头
瑟瑟风里独他这一枝黄叶飘零
这不是琴的错
也不是兀自拨弄的那人的错
周旋四处,看不见
他当然看不见那无所不在的
手指

——原载于《延河》(下半月刊)2017年第3期

刘 LIU
文 WEN
杰 JIE

麦积烟雨

鸟儿在树上念经
乌龟在放生池中打坐

风里有禅语
水中藏玄机

朝拜的蝴蝶一不留神
在烟雨中迷路

拜谒大象山

白昼,黑夜
四季交替,喜怒哀乐
爱恨情仇,生死离别

日落,月出,黑白分明,阴阳相界

每个人，内心都是
一座佛龛。真，善，美，人之初

——原载于《星星》2017年第10期

一只蝴蝶在我体内破茧而出

是的。当闭眼吞下一只
蚕蛹时，我无法说出它的酸甜苦辣，和痛

土地吞噬躯体，应该也是无味的
不然，为什么会有那么多人选择铤而走险呢？

蚕的一生，和人一样
都是客观存在
涅槃是蚕将自己包裹起来的最终目的

作茧自缚的人类

——原载于《夜郎文学》2017年第4期，选入本书有改动

刘 LIU
小 XIAO
平 PING

古城恰少年

地球上城市之林中的梦乡
弥漫着二十年阳光酿出来的热烈
我则已梦坠万年

先民开凿的古栈道
江上最初的船帆
为城垣铺砌的第一块青石板
秃鹫凶残
血肉与筋骨在利齿下飞溅
惊涛骇浪摇撼时
见到了咬紧牙关的峭岩
泥石流岩浆龙卷风
摧毁的力量
从未犹疑索取牺牲的祭献

你是庄严的山
任何语言也描述不尽你的性格

每块石头

都珍藏着一个英勇的魂魄

负重和担当是你曲折的命运

青春的新峰顶

地壳板块碰撞的奇观

今天的山水风物

开文明气象至天下的山民

让长河不舍昼夜地咏叹

山列江畔城入云天

对这片自己终将老去于此的土地

会生长出如石刻般的情感

——原载于《重庆晚报》2017年4月26日

刘 LIU 泽 ZE 安 AN

我的乡村也潮涨潮落

就像向日葵向着太阳
我们留守的村庄才有了意义

去挠它的叶子
绿色的扶正,太阳光也会返照
那是面向太阳,也是一种燃烧

去抠它的饱满叶籽
一籽一籽,千万不要一粒一籽
好孤单,躺在托盘中

向日葵,山坡上的精灵
摘一朵花开花落
我的乡村也潮涨潮落
夜晚出航,早上向太阳索取嫁妆

树叶子

一片,含在嘴巴吹一段思乡曲
我和我的小伙伴都能吹上几首
不算很完美,那是乡愁在村庄的吟诵

一张,揣进妈妈的裤兜
害怕折皱,远远的乡愁
树上的鸟儿,树上的果子
都是一份念想

树叶子,村庄最普通的植物
却最有情意,腐朽了也埋在故乡
营养贫瘠的泥土

我们唱歌,我们自己的乡愁
留在村庄,不流下眼泪
留下人生的孤星点灯

——原载于《星星》2017年第10期

刘
LIU
屹
YI
东
DONG

我在宋朝当警察

那时,我可能是朱仝、雷横的同事
我们大块吃肉
将诗歌剁成几截

那时,东坡或许是我的上级
寂寞的时候请我剪裁一段溪流
用月光烫酒

那时,我们遇见牛二不会惊慌
我们诗意盎然,血脉偾张
我们的哨棍扛在肩上

那时,我们下马吟诗,上马横枪
黄赌窝点叫勾栏瓦肆
李师师就是陪酒的女郎

那时,我们的前胸后背缀着一个"捕"字
我们的证件比武松的度牒还响亮

我们纵横四海的时代到了

那时,“孙二娘”当了文职,协警队里有“李逵”
法律允许我们劫富济贫,用两把板斧
砍开一片清朗的人间

那时,我们的江湖挤满正义的人类
我们的头领把诗歌题在墙上
我们呼唤社会的力量,我们接受道德的招安

我把语词压进弹仓

10年来,我只写过这一首诗行
我把语词压进弹仓
我节约每一颗子弹
她可以挽留我的希望
语词跑在了我的前面
溅起洞悉一切的目光
她可以消炎、镇痛
抚慰内心的慌张

我把语词压进弹仓
用彼此的温暖搭就掩体
弯下身躯,通过准星瞭望
来吧,我们享受坚强

我把语词压进弹仓
年轮成了胸环靶
我用时间的名义来爱你
活下来都是命运的奖赏

我把语词压进弹仓
凭此我可以闯荡
从春天的肌肤
点射秋天的金黄

我把语词压进弹仓
埋伏某个分叉的小径
等候收割
我理想中的暗伤
那些时间的着弹点啊
你可知道怀揣武器的诗人
把作案工具
匆忙的遗留在现场

——原载于《草堂》2017年第9期

刘
LIU
德
DE
路
LU

喊一声母亲

喊一声母亲，母亲的白发就疯长
像一片片积雪
把门前屋后映得发白

门前那棵枯萎的槐树，是母亲亲手栽的
听见我的喊声，就止不住地摇晃
引得筑巢的鸟儿一阵慌张

挂在墙上锈蚀的镰刀，是母亲亲手打的
望着母亲越发佝偻的背影
锈迹的泪水不断从刀刃涌出

一口大水缸蜷缩在灶房外
干渴得发出无助的呻吟
斑驳的身体被风一天一天撕裂

后山上那些曾经欢笑的果树
久不见那个熟悉的身影

常常耷拉着脑袋在暮色里抽泣

喊一声母亲,母亲的白发就疯长
她稀疏的发丝上
一个年少的影子在晃来晃去

面对黑夜,可以说不

小时候鬼故事听多了
一个人走夜路
要哼着歌曲壮胆
一个人睡觉
头和脚都要蜷缩在被窝里
如今面对黑夜,可以说不

我不纠缠是否真的有鬼存在
也不纠结天空连绵的阴雨
不计较楼上高跟鞋娇嗔的声音
不理会楼下啤酒瓶相互的谩骂
以及那些一会儿死去
又一会儿活过来的鼾声

我会想着行走的脚步像风一样轻
流淌的血液像奔跑的小溪
脆弱的骨头不再呻吟
也念及那些被践踏的花草

在夜里是否已安然入睡

偶尔，孤独会仗着黑夜向你袭来
其实，没有星光的夜晚
嘀嗒的时钟每走一秒
你与黎明就快速接近一步

——原载于《诗选刊》2017年第10期

浸入灵魂的爱

那个傍晚
你与一池的莲花一同被夏夜的月光
点亮，宁静的夜空
我漆黑的双眼里，看到
你裸露的旧伤

流泻的时光
雕刻出爱的炽热
你变得像一只怜爱的羔羊
把我当着草原
不停地啃食

一枚蓝色的标签，被你贴上
深吻的唇刻进时间

爱，在初升的阳光里
一遍又一遍地被温暖

——原载于《四川文学》2017年第2期

刘冲
LIU CHONG

今夜车过德令哈

今夜车过德令哈
不知道是怎么过去的
这里没有停站
广播也没有提示
因为姐姐而声名远扬的德令哈
就这样轻易地被忽视

这与公共交通无关
作为诗人我却心怀愧意
稍做功课　车过德令哈
可以默哀致礼
不管是否能望到草原的尽头
不管是否有泪洒落戈壁

德令哈就这样一闪而过
与我失之交臂
让我比海子更一无所有

既无撕心裂肺的牵挂

也没有空空的孤寂

——原载于《贵州民族报》2017年8月1日

梅 MEI 依 YI 然 RAN

消失的词语

我一直用多数时间
来做“我在这里”的游戏
其余的时间
需要我去追问
路过的流浪者
挂着“何时结束”的门牌
他们的肉体是生活的最后地址
而我声音的回响
在我无法到达的地方
更多的时间里
没有谁在那里回应
它们都是已经消失的事物

路

每一天
路张开巨鸟的翅膀

迎接我
我经过
那些路灯、栏杆、广告牌
车站、房屋、街道、桥
就像跨栏运动员翻越他的障碍物
那样渴望一个奇迹的创造
水在桥下永不凝固
永不休止
奔向天空与泥土结合的地方
就像一个结果
会成为另一个结果的开始
我活着
并试图影响着未来

生活

我离开了曾经生活的地方
就像离开其他任何一个地方

我用我的新钥匙开新房子的门
月亮代表我不了解的死亡

我自母亲的身体脱离
她曾把我当宠物一样哺养

当我挣脱母爱的铰链

以为获得了自由

当我经历了我所经历的一切
却开始向她祈求

祈求她再一次用链子将我拴上
把我带离自己的生活

小镇

天空下沉
空气沿着黄昏的线路铺设
河流带着上升的欲望
坠入河床的绿色之梦中
列车仿佛一粒空弹壳
被推进等待未知的熔炉
时间在长长的站台一点点融化
铁轨的低鸣
被编进田野之书的索引里
雨一直下着时缓时急
爱你的声音
怨恨你的声音
都是一个音调
“责令限改”只多次出现在某种正式文件中
孤独也只在孤独中闪耀
痛苦到底是什么

没有人会主动告诉我们
它很适合于
一个人去探索完成

——原载于《诗刊》2017年第16期

赐我

赐我以玫瑰、百合、鸢尾花
以桃花李花梨花
赐我，以带刺的整座花园
赐我以明亮、突然的春天
如闪电，如暴虐的
疾驰而过的
一场风雨

赐我以一园荒草
以百年的无人照料，赐我
以无法认领的原野
而我只能深深地弯腰，喂养
一匹来自春天以外的马

——原载于《诗刊》2017年第18期

馈赠,答桑眉

在南山,开垦一块荒地
不要太大也不要太小
一亩刚好。不种粮食和桑麻
遍种向日葵,等
它们慢慢长大
每天,坐在它们身边,看它们
用目光迎接
太阳从东山头升起
又目送它走过天空,从西山落下

与伍仁刚谈论那些石头

在山中,我们用石头磨洗
那些尖锐的时光
我们努力将它磨洗得柔软
一如磨洗自己的内心
在这多舛的尘世,我们要学习的

还有很多,譬如将一豆灯火
安放进紧闭的石头
让一小片光明,照亮石头的内部

秋天的早晨

每天清晨,朱丽娅都要去汲水
她穿过一片小树林
村东头的水井边,薄雾包围着她
回来的时候
天际散落的三两颗星星还没有消退
屋顶的炊烟还没有升起
在途中,朱丽娅捋了捋额角的垂发
她听见远处
山坡上的羊群懒洋洋的叫声

——原载于《诗潮》2017年第12期

梅军 MEI JUN

焚

母亲烧着黄纸,忽儿诉说
忽儿叮嘱,她太专注
没发现父亲已从火光中走出
站到了身后

风有些大,吹得火舌乱舞
缠绕的烟,熏湿了母亲的眼
父亲小心翼翼地扶着母亲摇晃的影子
直到火光熄灭,直到母亲的影子
找到回家的路

——原载于《企业家日报》2017年12月22日,发表时署名“泣梅”

我想和你虚度时光

你眼里有火焰，就好
你眼里的火焰等我消磨，就好
水和水相遇，不奔腾，就沉沦
一滴是你，一滴是我，就好
这样和你纠缠，就好
背靠背，或相互拥抱
聊聊风的飘忽和云的散漫
偶尔也聊到雨中的伞，遮住了羞涩
雪地的足印，盛满了青春
有些累了，我们就什么也不说
拎着彼此的暖，数心跳
看蜗牛驮来夜色，淹没烦忧
看树叶变换色彩，落下执念
而每天的月如初皎洁
我们会心一笑
真的，这样就好
我们失去很多，依然有
牵手的欲望

——原载于《知音》2017年第35期

娜 NA 夜 YE

西北风就酒

西北风就酒
没有迷途的羔羊前来问路

我们谈论一条河的宽阔清澈之于整个山河的意义
彼岸之于心灵

中年之后
我们克制着对生活长吁短叹的恶习

不再朝别人手指的方向望去
摆放神像的位置当然可以摆放小丑

我鼓掌
仅仅为了健身

真理与谬误是一场无穷无尽的诉讼
而你只有一生

自斟自饮偶尔也自言自语
时代在加速我们不急

远处的灯火有了公义的姿态却缺乏慈悲之心
我们也没有了一醉方休的豪情

浮生聚散云相似
唯有天知道

每次我赞美旅途的青山绿水
我都在想念西北高原辽阔的荒凉

星期天

——致诗人GM

当你写诗
仿佛住我隔壁
天地都在梦中
黎明在路上
我听见你选择词语的声音
或掸去蒙尘
语言你越尊重它　它越有能力
抵达或者:一首诗的歧义会使它多次诞生
嘴唇对准麦克风时你是国家机器的一个微小零件
可以忽略不计
但第七日你是诗人:

身上有一个证人

大雾弥漫

我又开始写诗　但我不知道
为什么

你好:大雾弥漫
世界已经消失　你的痛苦有了形状

请进　请参与我突如其来的写作
请见证:灵感和高潮一样不能持久

接下来是技艺　而如今
你的人生因谁的离去少了一个重要的词

你挑选剩下的:厨房的炉火
晾衣架上的风　被悲伤修改了时间的挂钟

上个世纪的手写体……

人间被迫熄灭的
天堂的烟灰缸旁可以继续?我做梦:

它有着人类子宫温暖的形状
将不辞而别的死再次孕育成生

教堂已经露出了它的尖顶
死亡使所有的痛苦都飞离了他的肉体

所有的……深怀尊严
他默然前行

一只被隐喻的蜘蛛
默默织着它的网　它在修补一场过去的大风

圣彼得大教堂

宗教是古老的
教堂应该又老又旧
我这么想着
在圣彼得大教堂辉煌的穹顶下
在时差和颈椎增生中晕眩
不能自持

感谢上帝将我一把扶住
辉煌的穹顶下
我及时给了圣彼得大教堂一个无信仰的笑
给永恒的气味
天花板上的中世纪

给圣彼得手上那两把通向天堂的金钥匙

他右边的格林尼治时间

有人正在为国家哭泣
有人为一只生病的金鱼

十字架上的耶稣　他受难
他多么美
漩涡般的眼睛深陷
世人向外流出的泪
他向内流淌

打扫祭坛的老妇人佝偻着
她手里的小铁铲钟摆般平静　准确
不会惊扰谁的忏悔
谁最卑微的祈祷

梵蒂冈的黄昏
月亮从忏悔席升上天际

——原载于《读诗·虚构的破绽》2017年第四卷

泥
NI

文
WEN

别叫你给我取的书名

你就叫我的乳名,多叫几声
说一句话叫一声
拿一下锄头时叫一声,拿扫帚时
叫一声,牛在山坡上
背背篓时叫一声
头发上有虫子倒挂,叫一声
像我没有离开这二十年
别叫你给我取的书名
那太正规,正规得就像不是你的儿子
趁我今天还没背上行囊
你叫一声我就应一声
过了今天,你再叫就只有山谷回应
我的乳名想应却无处可应

装修工

将日子放在铁锹与地面摩擦的嗤嗤声里

放在风镐轰隆隆钻打墙壁与地面的劲头里
沙,碎石子,水泥,腻子粉,瓷砖
那不停歇的嗤嗤
不知疲倦的轰隆隆
放在拉渣土的斗车里
那劈头盖脸的灰尘
你是想一车一车地拉完啊
用远离乡村的躯体
为别人去除他命运里多余的杂质
那么多别人啊,将你搬过来搬过去
搬过来搬过去啊,你就成了杂质
那么多别人啊,将你挑过来挑过去
将你越挑越空虚
锤子,瓦刀,錾子
叮当,叮当,哐……我的亲人

卸下

可以将思乡的病放下了。
归乡的人。
老迈的脚步。走近地坝边,
熟悉得不能再熟悉的路,
已深埋草丛。就剩三米宽地坝的距离了,
这杂草、荆棘,这长势良好的距离,
足足有一个七月的高度。

放下包裹，用手撩，用皮鞋踩，

一下，又一下……

这三米长的路，经年的渴盼。

快了，快了。生锈的锁，

需要一声脆响打开。

木门，蜂窝的脸。土墙，

欲落未落的瓦片。

亲爱的人，镇静得就像没有回来。

将漂泊收获的风尘放下来，

这走路迟缓的身子。

看事物已不明朗的眼睛，

卸下异乡和故乡这两个词汇。

在能走路之前，

拔掉门前地坝里的杂草，

整理好屋檐上欲落未落的瓦。

卸下一城又一城，

就要小山村。

——原载于《草堂》2017年第7期

冉冉
RAN RAN

夜幕合围之前

夜幕合围之前
盲人看见了剧场
悲剧躲进句号
掌声改弦易辙

时间重新变得宽裕
同一时刻　你可以怨怼
也可以反悔
同一地点　你可以焚烧
也可以涅槃重生
一个人的战争仍然
可以赢得荣誉
你可以奖给自己一块墓碑
一河波光粼粼的大水

从前你是幽默的
如今更加柔韧
从前你是笃定的

如今更加勇敢

爱被痛楚无限拉长

因为爱和痛

道路伸向虚空流星降下新雪

——原载于《民族文学》2017年第3期，选入本书有改动

冉仲景
RAN ZHONG JING

圣水

由木黄北上金顶
必经九台坡
坡上的天庆寺
始建于唐朝
尽管如今已是废墟一片
却难以绕开
那些来自
四面八方的信众
汇聚到这里
捐功德
烧高香
磕响头
许宏愿……
礼拜结束便纷纷前往寺旁的木泉井
畅饮梵净圣水
他们知道
寺,绕不开
渴,更绕不开

名刹

能让心儿上升
能将目光带远
我把这样的事物
叫做信仰
比如此刻
突然飞临梵净山巅的苍鹰
它来自前世
去往轮回
只在我头顶停顿了一瞬
就消逝了
由于速度太快
许多人没听到
它体内持续不断的钟声
许多人没看见
它眼角的闪电
梵净山四十八觉寺
这只苍鹰
是我第四十九座飞翔的
庙宇

哑夜

夜已深
可供仰望的星星越来越少

去往下游的古人

还没回来

平阳险峰末未正万

溯流而上

企图把芙蓉河的源头探寻

我留下来

整条河岸

也跟着留下来

木黄木黄

让我再哑一会儿

此刻我想有人能够叫我一声

我在等

——原载于《中国职业经理人》2017年第9期

冉颖
RAN YING

无法完结

一

如果错过某人
不必捶胸顿足
如果画一条延长线伸入往事
会看见错过必有原因
如果抱定美好的愿望
将延长线伸入未来
会碰见所有的美好
这无关生死
只关乎
坚持

二

一场雪月将落未落
在哪里落
一树风花将开未开
已经开过千百万次
一切将醒未醒

只等你来踏破
你当下快乐吗
如果不快乐你醒了吗
你甚至看不见我听不见我
生命本身就是邀请函
恕不另行通知

三

你在他乡的阳台上读书
斜阳如金
青春一直照耀你洁白的衣裳
夕阳中你打开了温暖的灯光
突然想起一个人浅浅的笑
你明白了永恒
一切都没有改变
除了你的心情
黑暗降临
你被迫成为自己的恒星

——原载于《重庆晚报》2017年9月6日

任明友

REN MING YOU

加班

那些年，通宵加班是最吃香的名词
24小时开机的流水线，是老板最宠爱的妃子
那些年，1.5元一小时的加班费
对我们时刻进行最暖心的人道主义关怀
低下头，我们把思想埋在昨天
弯下腰，我们把灵魂留给明天
四处奔走的身子，无处可逃的爱情
屈从于今天的梦想
加班的流水线上，生产出一个时代的印记
苦难是商标，疼痛是专利
这些动机不纯的名词
冷落了故乡的清瘦，喂肥了异乡的繁华

食堂

一不小心，流水线就把通宵给睡了
工业区的路灯总是纵欲过度

照得亮白天，却照不亮通向工厂食堂的小路
排污管道上溜过几只蟑螂和老鼠
它们早操的步伐比元曲的格律还要整齐
我们的晚饭都在早晨七点开始
一勺空心菜，二两土豆丝
与结了仇的油星老死不相往来
舀菜大嫂的唾沫星子上
绽放出一连串优美的形容词
试图为我们的面黄肌瘦进行美容
就餐时间半小时的军令如山
食堂主管的驱逐攻势，比定时炸弹还准时
一张白纸黑字的通知书
站在门口，对我们双眼里的血丝发出挑衅：
好消息：晚上加菜，豆芽和南瓜各半瓢
而我们知道，流水线还要把通宵睡一周
才可能让这次订单，成功受孕

立冬

刚刚立冬，雪就不经意地撒欢于北方
萎靡已久的故乡顿时至高无上
加班、工伤、失业、欠薪、饥饿……
这些充满疼痛的词语
在一本《新华字典》里集合
它们拒绝服从我内心的安排
一个年头就准备打烊了

瘦成一纸家书的身子

被困在雪地里,找不到邮筒的入口

——原载于《星星》2017年第10期

宋 SONG
尾 WEI

为女儿而作

咳嗽时
她突然歪过头
怔怔地看我
第一次相遇,她也是这样
笔直的瞳仁,瞄着我
看啊,这是谁,这是什么
那一刻起,到若干年后
她会耗尽我的力气
而这一刻是我唯一能窃取
并独自拥有的纪念
那双眼那么漆黑
那么光亮,它接连着
未完全消除的往生
就如凡不可捉摸的,我们
称为命运,无法解释的
被我们称之为神秘
此刻那神秘的命运对着我
又无视我

一个人坐在阳台上

要是我静止不动
我可以成为一种家具
不着急阅读
不用在故事里摸索
闪烁的影子
不会遇到让我感伤的诗句
也可以不怀念
我成了时间里的内容
不用为任何事等候
就这样坐着挺好,乐于承认
无所事事仅只是创造力的消逝
不创造也挺好,那些草叶
漫山遍野,视野之外
许多事物不被关注
我想,每个人都有过
这样的时刻
巨大的乐声围着你翻涌,耳廓之外
一切不为人知
我坐在这里,我成为一具冰箱
你拉开时,我的黑暗
被偶尔的灯光照亮

我走得太远了

有一阵我察觉到你们
悄悄往后退
再有一会我发现,我被孤立了
你们并排在那,你们不再移动
我听到你们远远地嘲笑
再后来,连笑声都没了
我是如此孤单的一个人
我没有亲人,没有朋友,没有同谋
我伤心于这无法改变的事实
树林里走着那么多人,铺着那么多条路
只有我走到没有人经过也不会再有人经过的路上

大雨来临

刷牙的时候
我发现一个人
在镜子里看我
我吐掉泡沫
听到卧室里她的叫声:
“啊,大雨!”
然后我看见暴雨
从楼上掉落
这声响充斥钝感
没有丝毫理性

我看见一条河流

从窗口冲进来

把镜子里

那个人陡然捣碎

它们穿过浴室

进入房间

我看见

客厅被冲走

书架、电脑、沙发

以及她和孩子的嬉笑

如此孤立,漂流在

一条大河之上

——原载于《诗刊》2017年第8期

单宇飞

SHAN YU FEI

聆听

到处是旷野和河流
高山在鼓琴，一个孩子不停地和风说话
继续，谁的半生正在旁落
谁的流水，正被万物的嗓音托举

实际上，那些寂静的事物自有秩序
用旧的时光，还在一遍遍传唱
那些月光的手指
与我们相关的一些相逢、爱恨、别离

当然，金戈铁马还在
在东去的江水里，我要抱紧那些旋涡
也抱紧
我曾丢掉的，碎瓷上大海的蓝

星

山野的上空,万物低垂
那些梦的眼睛,那些滑过的光波
诠释着孤独者劳碌的一生……
山村里的老屋像一幅油画
住在流水里,住在星星上的人们
他们内心的远方,唯有光
可以描述
那闪烁的宁静,那星光
是蓝色的
当他们隐去
你会发现,一种明亮能被代替的
只能是另一种明亮……

——原载于《中国诗歌》2017年第10期

石子
SHI ZI

水木清华

这几泓北方的水，珍贵的水
洗濯俗气与尘埃
滋养朱自清月色里的亭亭之荷

我想在水的涟漪中，诵读万卷诗书
我想从摇曳的睡莲上
辨识睿智的荣光
那些蓬勃的柳树，像我心中多年疯长的渴望
在池畔溪边恣意汪洋
那些白杨，那些法国梧桐
是一种高度
却高不过大礼堂前的旗杆

西山苍苍

东海茫茫
长春园、熙春园、近春园里的蔚然深秀

早已黯然淡化，甚至销声匿迹
只有二校门，只有清华园，风采依然
只有银杏，如我所见
年年硕果累累

此时，一缕风
撩起我藏匿了几十年的情愫
那几只书生意气的鸦雀，自信的鸦雀
在松树下练习沉着和冷静
抵御我们匆匆脚步的袭扰

我站在清华园里，努力让双脚
长出根须
让身子长出青枝绿叶
我采掘校园里丰富的水肥
拥抱每一缕知性的阳光
迎着朝霞，抖擞精神
每一个骨关节，咔嚓咔嚓作响

——原载于《重庆晚报》2017年7月26日，选入本书有改动

苏 SU 杩 YI 北 BEI

关于故乡

想起故乡就会描绘出无数个花样
任山风,任田野的深隐促使我清醒
任内心起伏的呐喊绵延深山的沉寂
不需任何暗示

母亲轻唤的窗外,回声依旧辽阔清晰
庄重的河川淹没了苍穹
却侵蚀不了透明的乡愁
想起母亲就会有一种沉稳与踏实

我不知道,这样的漂泊还要多久
我不知道,如此还能坚持的漂泊要多久
眺望远方,关于故乡
终归要落叶归根

埙音思故

丈量与你的距离
如何舍得这葱郁的画景。或近或远
不经意触摸,醉了共鸣
诗歌的藤蔓是飞翔的云朵,拈花一笑
让黄莺的啼鸣
唤醒千年沉睡的琥珀
伯牙子期的相会
高山流水的律动呵,循环往复

埙音声声,只为知音吹响
合着陶土缔造的生命,从旷野到旷野
抑或蛰伏在枝丫,承托
剔透的情
恬静,纯粹——
亦已等你千年呵
但我知道,一种埙音更接近乡土
在藤蔓缠绕的心口
彼此温暖

对于你

一直想象春天,嫩枝青青
怎样把一帘新绿歌唱
让暖洋洋的百花掩埋那些普通岁月

以及那些记不住名字的人

现在，远方苍白底色和久远云彩
与春天无关
没有风筝依旧把心事放逐

对于你，我像一只毒辣孤傲的鹤
为你飞翔或独鸣
只是不让你触碰顶上朱红

——原载于《延河》（诗歌特刊）2017年第5期

石
SHI
春
CHUN
雷
LEI

我想把龙缸捧回家

接到英雄帖,我一刻不敢怠慢
一扬鞭
云阳和时光都被赶回到远古时代

岂止降妖伏魔,站在1100米的山巅
吞云吐雾,我本来就在云端霞海
鸟兽虬枝,怪影峭崖
被我踩在脚下
风水与八卦在龙缸里旋转

我必须开启阴阳之门
端起龙缸
牛饮
再举头问天
云阳可是恐龙祖先的故乡

饮下的都是玉液琼浆
亿万年的物华天宝

岂有不醉之理
我缚住苍龙
在大安洞口与清水河逐放长江
哪怕触犯天条

龙缸被我遗忘在栈道之旁
千年之后
玻璃廊桥回光返照
恐高的心悬挂缸沿,与岐山草场遥遥相望
那把情爱之锁,锁在天地之间
万丈沟壑被锁成一马平川

轮回之钟敲在大寨子之上
“天生云阳,天下龙缸”
我收帖挥毫
把这八个字装进龙缸
再放些步步惊心的药引
和玩儿心跳的创新疗法
封存,腾云驾雾
带龙缸回家

——原载于《重庆政协报》2017年7月18日

今天，天好蓝

这是我想要的蓝
蓝得如水晶、翡翠、玛瑙……

我看不到阴险的黑
看不到那些曾经让我讨厌的
灰暗

雨水的泪
湿了白云的裤腰
闪电挥舞的银亮长鞭断了
遗落在水草丰美的地方

如此纯洁、动人而养眼
我的心乱了
忘记了刻骨铭心的痛

哦！我宁愿死在这透彻的蓝里
也不愿在虚像的梦境里偷渡余生

就像我爽朗的笑容
就像那朵拖着洁白裙裾的云……

我要的花朵

我的视线成了盲区，面对满坡
缤纷的花儿，我竟然找不到
我要的那朵

都是一样的美，一样的娇艳
如粉红云彩般纷纷扬起的脸
闪亮着季节难以捉摸的光芒

我感到片刻的眩晕，我想伸手抓住
最不起眼的那朵，抓住光，抓住笑
抓住我想要的、那一点闭月的娇羞

也许，这就是我心中的念想
藏在春天深处，在百媚千娇中
漾开花朵的唇，静静等我……

桑葚酒

一抹紫色的嫣红，盛开在
五月的唇上，她在田野里一声高喊

"来——"我的脚步便开始踉踉跄跄

我无法拒绝美酒的诱惑，那由一颗颗
紫红桑葚浸泡、酿制的琼浆玉液呵
让我想起一场宿醉，一缕迷离的眼神

不止是好看的紫，那是我喜欢的乡村
妹妹燃烧的女儿红，在五月的酒窖里
发出的一声浅笑，扬起的花样的小手

"来！亲——"我深深地，吸吮
定会催开无数美丽的花朵
我留香的唇，已衔起一片最初的羞红

——原载于《重庆法制报》2017年2月26日

唐
TANG
力
LI

黑蝴蝶

一

在阿依河畔，一群黑蝴蝶在前头翻飞
时间雪白的粉末，纷纷飘落

二

它们引领着我——
也许它们是庄周的蝴蝶，正在梦中飞翔
在它们中间
谁曾占有我的身体？

三

也许它们是纳博科夫的蝴蝶
在他眼睛中飞舞——那是眼泪之蝶
他看到了小小的死亡

四

啊，“我的生命之光，我的欲念之火”

"我的罪恶，我的灵魂"

蝴蝶在飞舞——

也许它们来自另外的空间，来自遥远的时间之页——

在一个舌头的下边

它们都是一些迸溅的词语：洛、丽、塔

五

也许它们是一小块的黑暗

在明亮中飞翔

在它们小小的翅翼

开合之间

有谁听见星群炸裂的声音？

六

蝴蝶停下来饮水

它们没有占用旁边的大河，只在

沙滩上的一个小水洼饮水

它们翩跹起舞，充满了无限的喜悦——

对于全部的生命的渴意，也许

一个小小的水洼，已经足够

七

我仔细观察

它们翅膀上斑斓的条纹——

也许就是记忆，也许就是全部的愉悦

也许就是命运的迷宫:美而且迷乱

八

一只蝴蝶,在一条大河上飞翔
河流是一面流动的镜子
万物的面容,清晰而又模糊
它会看到自己的飞翔吗? 河流中的蝴蝶
又会看到它的飞翔吗?

水中的飞翔,空中的飞翔
梦中的飞翔,空无的飞翔
都是真实的飞翔,都是不真实的飞翔
它们都是此刻的飞翔,都不是此刻的飞翔

——河水谦逊,将保存一切时间的证据

井水谣

一

一滴水在鸣叫,一滴水在守住心跳
一滴水在打开井壁

一滴水晃荡,落下
犹如思考,激起黑暗的回声

二

一滴水在空旷的井中，就如一个人
在游人过后，空空的庭院里

他的孤单
就是一滴水的孤单

三

一滴水在井壁中独坐
它是否就是

黑暗中的王

四

一桶水被汲起来，它在晃动
古老的时光，一百年，一闪而过

它映出了你的面孔
啊，你已成为自己久远的人

五

星星在黑夜里游泳
一滴水转身，成为另一滴水

如果你通过井道，那唯一的道路
你将在山下，成为另一个人

六

井水柔软的舌头卷动
大地的语言，无声而神秘

开端之开端，井在庭院中间显现
给尘世，带来一颗宁静的心

——原载于《诗刊》2017年第21期

唐宇佳

TANG YU JIA

山城的小花朵

山城的小花朵
活色生香花枝俏
山城的小花朵
花团锦簇一片天

山城的小花朵
开在陡峭的山峰上
山城的小花朵
开在遥远的故乡

山城的小花朵
开在小朋友的梦境里
山城的小花朵
开在每一个春风送暖的季节

——原载于《语文导报》2017年1月11日

王
WANG
明
MING
凯
KAI

我站在登云梯上

我站在登云梯上
看见头顶的磐石城精神抖擞
一架玄梯从云端挂下来
如巨龙饮水,直入万里长江

一个大写的"人"字
从浩瀚的江水中站起来
嵌在一座新城挺直的脊梁上
一撇叫青龙梯,一捺叫飞凤梯
用合力撑起这通天大道,直入九霄
一坡的花红草绿,如美女的盛装
一城的鳞次栉比,是旖旎的诗行
你让高高的龙脊岭塑成卧佛
一座梯城沐浴在佛光里,静谧吉祥

此刻,我多想下到江底
然后再沿着你的身体和魂魄爬上去
在云顶广场,听磐石城的钟声

怎样用现代的木杵，敲出南宋的韵味
吟辛寅逊的“新年纳余庆，佳节号长春”
看中国历史上的第一幅楹联
怎样与我的拾级而上，接骨斗榫

——原载于《重庆政协报》2017年7月18日

刘帅纪念馆

我把你，和那个叫沈家湾的地方
都看成，刘帅的故乡
刘帅告别了门前的浦里河
告别了黄葛树下的石碾盘和石水缸
在那个巴掌大的院子里挽起裤脚
沿着一条小路，去了远方

远方，是“拯民于水火”的战场
从浴血丰都，到泸顺起义
从彝海结盟，到八一风暴
从巍巍太行，到淮海决战
从风雨钟山，到金陵兵校
每一寸山河，都记录着戎马仗剑的足迹
每一页史诗，都传诵着功高盖世的华章

如今，他回来了

回到这魂牵梦绕的故乡
夜眠八尺，躺成沈家湾的泥土
倾听着种子出土的声音
临风而立，站成凤凰山的岩石
守护着庄稼拔节的分量
静候春天，从大河的入口处赶来
给脚下的山水，披一层新绿

我在你高高的铜像前
阅读“勉作布尔什维克，
必须永远与群众站在一起”的箴言
我在你连廊回环的两进大院
一遍又一遍，呼喊着刘伯承的名字
觉得走出去，又回来了的元帅
一直，在我们中间

——原载于《诗刊》2017年第11期

王
WANG
顺
SHUN
彬
BIN

不远

不远，故乡就站在你的后面
一转身，它就在你的对面。不远，中间
隔了四十多年。不远，一条河
被大条大条的鱼挤宽
被大朵大朵的云映白。不远，假设
你想触摸一下，请将手伸过去
人间已是波浪滔天
不远，心口痛时，看得见故乡流泪……

感恩

我与上午狭路相逢，我与正午擦肩而过
我同下午说着话说着话就坠入了黄昏。这时
鸟飞完它们，灯亮过自己。我在
楼群中如一个展开的词语。梦中，桃花流着热泪
诗放下的地方尽是阳光和雀声
我以手加额，在内心默默感恩——

重庆曾以小小的一角，盛下过我巨大的悲痛……

在鸟声里喝酒

在鸟声里喝酒，在白云下看比狼还野的野花
我们像石头坐定。春天在血液里忙了很久，才为
我们准备了这顿美酒。一些惊慌正在过去
比狼还野的野花中，山歌在拼命地吼，杯子
哗啦啦地颤抖。酒中的火焰，从不改口。一桌的阳光，我们
用鸟声下酒。比狼还野的野花，赖着不走
用它怪怪的异香，把我们的两颊熏红。风声起伏
我们认定野花里有一对更野的斑鸠。酒杯
不丢，壮兴未酬。我们下酒的不只是鸟声，还有
螃蟹、虾子、牛筋。这种季候
除了诗歌，就是浑话。除了牙齿，就是眼球
我们互为斟酒，我们悄声嚼着嫩藕。比狼
还野的野花，一跃而起，我们猝不及防
差点出了纰漏。而鸟声甘愿下酒，而杯子愈发好斗
比狼还野的野花一如既往地野下去。谈笑风生
我们依然，我们照旧。灵感竟然冒了出来，句子上
尽是锦绣。谁说我们粗糙，做不了历史的丝绸

——原载于《红岩》2017年第6期

王
WANG
老
LAO
莽
MANG

刮洋芋的女人

在菜市口,一个农妇
蹲在地上刮洋芋,她粗糙的手掌
握着一个泥糊骚笨的家伙
翻来覆去地刮蹭,像给弄脏的孩子
擦洗身子。她把褪了皮的洋芋
往左边的塑料盆里一丢,叮咚
一个光腚子的淘气鬼,就钻进了水里
她又从右边的蛇皮袋,掏出
另一个泥蛋蛋,刮蹭
她动作麻利、娴熟,还有些优雅
阳光,顺势流进她开阔的领口
从她乳沟的颜色断定
这些孩子,应该都是
她亲生的

悬崖天路

一块“悬崖天路”的指路牌
令人望而却步。但是
从游家坪到后坪
杨家寨,是绕不过的坎
这道坎,壁立千仞
车过双坪,一如高空杂耍
“山歌王农家乐”
差点,让我乐极生悲
幸好有一堆篝火
点燃明月松间照
幸好,有一嗓山歌
唱得清泉石上流
幸好我来了,不然
怎能在绝壁上找到
那半阕宋词

耳听为虚

听说陈家山的桃花开了
这个道听途说的消息,不胫而走
人间,遍布耳听为虚的喜讯
常常与所见,大相径庭
就像前几天那一场大雪,明显
是一次起哄,然而,所有的人

都陷入看图说话的童趣

在假象里弹冠相庆、互道吉祥

桃之夭夭,这个阴险的成语

是否会再次成为陈家山的陷阱

我只是杞人忧天。反正,我是

越来越信不过自己的耳朵

这副,左右逢源的外挂。本来

三月桃花开,属于如期而至的范畴

但是,反季节的东西太多,我才置疑

那个面带桃花色的少妇,传递

给我的信息,是不是

有什么言外之意

——原载于《扬子江诗刊》2017年第5期

王
WANG
步
BU
成
CHENG

九月，我在黑河水边

九月，黑河脱去长长的风衣
挽起浅绿色的衣袖，敞开乳白色的
胸膛和手臂，紧紧地拥抱一匹河西马

九月，我在黑河水边
和一朵昙花谈一次生与死的爱恋
昙花一现，抑或，天长地久
然后，凋谢吧，静静地凋谢吧
请不要发出一滴疼痛的声音

九月，我在黑河水边
想起年轻时美丽的你
面容平淡，没有激起一片浪花

我在一棵芦苇胸膛找到故乡

这一刻

风还是没有停下来

头发失去方向，手心冰凉

我不知道

该以怎样的方式，面对你，面对整个冬天

面对一场突如其来的雪

这一刻

我在一棵芦苇的胸膛找到故乡

远方不停地飘来，阵阵麦香

我看到——

那么多的草，那么多的树，那么多的庄稼

不停地发出喘息，疼痛

不停地倒下

安静地结束自己卑微的一生

孤独，而辉煌

往日时光

我不停地说着老去

说着，你和我一起度过的时光

那些锈迹斑斑的往事

在黑夜里，不停地发出光芒

不停地疼痛，呻吟

一个像猫一样的女人，透明的眼睛

曾经穿透过我广袤的胸膛，轻轻地折断

第三根肋骨

我已经习惯了在人群中低头行走
不停地说着老去
不再回味——
深藏体内的爱，那些曾经被爱情消融殆尽的
粗糙和坚硬

——原载于《山西文学》2017年第11期

王

WANG

淋

LIN

西塘古风

在西塘，水乡不叫水乡，叫江南
我想去集市，在挑藕的竹筐
寻回浣衣女洁白的手臂
再造访翻飞的柳烟，还她
额前飘飘的秀发
河边无女，乌篷不语

在西塘，古镇不叫古镇
叫越国或者吴国
烟雨长廊可供太史公垂钓
钓几尾勾践范蠡与周郎
还钓大乔小乔和西施
许李煜花前月下乐不思蜀
就此误入文坛丢了江山
许顾锡东聊发汉宫怨
让两岸的杜鹃以泪洗面

站在五福桥上，从石皮弄

抽出天光宝剑，不征战
只刺向木头，刺出
一座清风朗月的明清木雕馆

——原载于《重庆晚报》2017年11月18日

云台山

风从修武来，偏甜，偏女性
豫剧一到，就花木兰，就穆桂英
就小二黑结婚。半边天晴了
就去哺育中原，让云台山
带点河南口音

水往陵川去，偏酸，偏辣
山上放羊想亲亲
亲圪蛋下河洗衣裳
就走西口，就绣荷包
就桃花红了杏花白
潭瀑峡一唱泪长流
爱得死去活来

云台山偏远，偏宽
左手牵山西，右手挽河南
好客，大餐多峡

有红石,有青龙,有峰林

茱萸峰,猕猴谷,叠彩洞,百家岩

都是硬菜,外加子房湖

酒水管够

——原载于《重庆晚报》2017年12月10日

吴 WU
小 XIAO
虫 CHONG

适得其所

男人找寻着女人，女人找寻婚姻
儿子找寻着母亲，母亲找寻父亲
花朵找寻露水，梦找寻现实
呵，一切应该适得其所……

弓箭找寻着猎物，牙齿找寻骨头
战争找寻着胜利，毒药找寻活物
呵，一切应该适得其所……

我终于从他们的脸上看到了
幸福的笑容

但风找寻什么，她吹来吹去
但月亮找寻什么，她兀自散发清辉
请告诉我，请不要伸出手来安慰

夜抄维摩诘经

如果可以,我的一生
就愿在抄写的过程中
在这些字词中
当我抬头,已是白发苍苍
我的一生,在一滴露水已经够了
灵魂的饱满、舒展
北风卷地,白草折断
我的一生,将在漫天的星斗
引来地上的流水
在潦草漫漶的字体
等无心的牧童于草地中辨认
或者不等,高山几何
尘埃几重,人在闹市中笑
在梦中醒来——
我的一生已经漂浮起来
进入黑暗的关口
而此刻停笔,听着虫鸣

日知录

我身边的善事越来越多
上周,法师们从华岩出发
踩着天上的星星
行脚到南川金佛山

路上早晚课，途中餐宿眠。
隔壁的念佛堂
每逢初九、十九、二十九
那些白发苍苍的婆婆
长夜不休，佛号
到天亮时才让它落地。
中午吃饭时，看见一位师兄
在扫着广玉兰树下的落叶
今年她们开得并不好
人世太匆忙，我只在某个夜里
闻过她们的花香
那位师兄安静地扫着
她甚至比落叶更安静
这些，已足够我时时感恩
用活着去架一座小桥
但我得提防内心的嗔恨
管好自己的嘴巴和身体
而这个，同样需要付诸我一生的努力

——原载于《延安文学》2017年第6期

吴
WU
海
HAI
歌
GE

照镜子

一天天衰老。欲望一点点降低
像蒲公英缓缓着陆。

心很大。把自己想象成春天。
拥抱草场和花圃。

蝴蝶破茧而出。镜子把我打回原形。
从高空,摔落到地面。

幻想的人。多情。无知。自恋。
形体化为气泡。幻想变成空想。

镜子,把我照成一具骷髅。

和平相处

我不停地,跟内心豹子说:
把你关进笼子去。上锁。

为了与人“和平相处”。

要想得通。年轻气盛几十年。
虽没伤人。有时也放下爪子,摇尾乞怜。
但回避你的人,仍很多。
吓哭妇孺,我后悔好久。

有人设伏。有人招恨。不敢在官场混。
更不敢在狮虎堆里演杂技。
可知道,皮毛几斤几两?
夹起尾巴做个熊猫,或许更讨人喜欢。

诗人

诗人,敢于思想、敢于说话吗?
给自己上锁,不会成为好诗人。
比如政治家,要筑成伟大,敢于杀人。
敢于颠覆世界秩序。
诗人,以心灵写诗,思想走路。
不打破禁区,如何放牧内心的原野?
怎么会有所发现?内宇宙在心。在大脑。
同样有洪水猛兽,雪崩群殴。
打开窗。砸烂锁。诗人必做的事。
但大都不敢。我是那心有顾忌的人。

——原载于《中国诗歌》2017年第8期

吴

WU

维

WEI

盼雪

晨起，雾浓
伸出双手，我看不见
十指丹蔻
仿佛尘世平地消失
仿佛天地重归混沌
每一步，都宛如云端
而不时传来的远远近近的喇叭声
提醒我，仍在人间
提醒我，酝酿中的雪
正穿越浓雾
在某首诗中等着我们
抱团取暖

——原载于《绿风》2017年第4期

文慕白

WEN MU BAI

宿命

我认识自己，是从一棵小草开始
微弱的气息，不如一只蚂蚁的呐喊
唯一令人感动的是黑夜中所有的不幸
孕育成一颗露珠
奉献给黎明

一个人总有自己的宿命
太阳有太阳的天空
小草有小草的土地
我一点儿都不哀怨
无论季节更迭，总是
生长自己，总是
用卑微的希望
拥抱经历的每寸光阴
并向它们致敬

——原载于《重庆政协报》2017年10月24日，选入本书有改动

文
WEN
世
SHI
奎
KUI

立春

冬天已经过去
立春就像线条隔离寒冷
我来到大街上
下午很和美
我不想去踏青
我知道岁月很漫长
但是,春天很短
我知道生活很幸福
但是
积累幸福像堆积细沙一样具体
或许,幸福也很漫长
我要像燕子
飞来飞去寻找春天
这里没有了
还可以到远方去
遗憾的是,我没有翅膀
我要创造一对翅膀

我就是这样想的
许多年许多年以后
我认识了一个又一个春天
奇迹就像桃花一样
春风从东方而来
我要借用风的力量
我要借用白云的快乐
我要借用春天的汗水
把翅膀悄悄藏在心里

——原载于《荆州晚报》2017年12月25日

熊
XIONG
林
LIN
清
QING

樱花

憋着一肚子的火，在崇山的阴影里
这些拳头已经攥了很久

直到风用一捧又一捧泪水不停劝说
才缓缓松开，释放出掌心中的殷殷血色

因为这从骨头上燃烧出来的火苗
崇山沉重的躯体在这些小女子面前温柔地低下来

桃花

正午，所有的风都归隐山林了
一朵桃花从藏身的枯枝后探出头来
轻唤她众多姊妹的名字

每一声应答，都是一场微型的风暴
一点点抛开罩在枝上的面纱

亮出她们初恋中的脸庞

蛰伏在某块顽石里面
我不知道是否有一朵桃花因为等我
而欲言又止,守住内心的秘密

或者已敞开喉咙,喊哑了她充血的嗓子
就是没有喊醒昏沉的我
只得在众声喧哗中嫁给流水

梨花雪

阳光再一次在这里屏住呼吸,端详着
一条寒枝如何变戏法地变出
隆冬的雪意,轻盈,不着痕迹

立在金黄的油菜花田边,清凉的白
提醒着这片疯狂燃烧的春天
小心,别染上伤寒的顽疾

别让从山口南下的风闪了纤纤细腰
只能裹在晨雾里虚度时光
无法引领这一身霞光的山坡飞翔

我也需要这样一片雪花,熨一熨眼角
为气温渐升的明天清热祛火

借雪水的滋润，倚着枯木抽两枝新芽

秋山

一个恍惚，怎么就进入了这样一座山中
只见围成一圈的松木都在打禅
秋风里，只有小野菊在低低地耳语
传递自己孤独的芬芳

每一株松木后面，都有一朵蘑菇
在练习隐身术，它们需要片刻的宁静
来排出体内酸涩的毒素
——当然这不是我所知道的

我知道的只是那些未经人世的初霜
正依附着枫叶展示自己轻柔的白
只比阳光薄了一点点的白，比刀刃还要锋利
已准备好收割这一岭被风灌醉的枫叶

借助山尖上的风，一片枫叶把自己扔向了天空
那就在那里多待一小会儿，多吸点阳光
等所有漂泊的蚂蚁都回到了自己的故乡
再落下来，盖住它们在尘埃上团圆的梦

一个无所事事的人，怎么就来到了这时的山中呢
像一根刺扎入了婴儿的肌肤

看吧,满山的生灵都在惊悸中瑟瑟发抖
除了这一群满脸沧桑已经入定的松木

——原载于《诗刊》2017年第20期

熊游坤

XIONG YOU KUN

行吟乌江

走乌江
通常我会转个大弯
弯出百里

船行龚滩古镇,站着一群土著时光
两岸纤夫,起伏间
拉走一座山峰

过白鹤梁,那里躺着祖先
一段文字,诉说着
一座古城的水深水浅

沿江而下,不需再转弯
船动、风动、水动
搅皱十里月光

风急、水急、心也急

惊起一江嘶鸣，却捞不起
当年那一截坚硬的骨头

鱼群和水草，在喁喁细语
江水啊，你不要走得太急
能否缓一些，干净些

一个码头，一缕炊烟
村庄在江面上
泛起一朵乡愁

走出乌江
路成了天路
山成了天山

——原载于《绿风》2017年第6期，选入本书有改动

走李庄

李庄没有桃花，但满街都是绅士
这里游人多得像春风
结伴而来的都是有学问的人

李庄不富也不穷

蹲在街边就可吃白肉

站在岸边可看鱼影

还可敞开肚子狂喝长江的浪花

那些长得好看的女人

虎咽两碗燃面后

爬上树枝与李花争艳

从这里流进长江的水不会走很远

它只需走一万里路

就可变成流云

再回来看李庄

——原载于《星星》2017年第22期

送父

乌鸦漫天飞来,盘旋

在头顶

树梢上低鸣

给大地投下一片阴影

邻里乡亲

举起锹和锄

在一片山林,开凿地穴

掩埋父亲的一世沧桑

山水失色
山风,呜咽不止
山间流淌的泪水,浸染
悲鸣的路

那套久远而弥留硝烟的军服
连同用了性命
换取的一枚三等功勋章
和药箱,一些未吃完的药丸
随一具棺木,埋入
泥土的底部

我的语言不再灵动
笔,不再生花
而每一个字,都是一朵白花
眼睛里流出来的,每一行诗句
都是黑纱

从此,在山外之山
父亲,您又跟随祖父
在黑夜中种植
那些风干的树木和野草

我无法收拢

那些游荡的残云

让故乡

一瘦再瘦……

——原载于《草堂》2017年第7期

熊 XIONG
魁 KUI

当时光把生命快递给我

时光把生命快递给我，我签下送达的收条
在油盐酱醋茶中浸泡一番，从瓮缸里提出
交给太阳翻晒，月亮打霜
交给秋风拧干，雪刀刮毒，然后
交给大地永久收藏，封于尘埃
人都是这样被不断封口，投递，打开
再封口，再投递，再打开……
永无止境传递下去的信函
只是，谁最终剪开缉口
从信封里抽出万千嫩芽，抽出了春天
生命不是。它是一张随时贴上函件的邮票
函件送达，而邮票作古
时光不是。它是一枚硬币的两面
清醒时翻过来，是白
糊涂时翻过去，是黑
只有神祇，没日没夜地睁着眼睛
防止世界被谁打翻，失去脆弱的平衡

我因失敬畏心，无节制地砍伐这么多文字
而成戴罪之身，注定会
以凋残的方式离开这个春天
离开这间穹窿结顶的出租屋
我不得不回到大地，回到母亲
那枚鲜红温润的子宫，那里是我永远的故乡

——原载于《星星》2017年第2期

熊 XIONG 梅 MEI

你好！朝天门

我多想像你一样磅礴，大气
右手一瓢长江，左手一瓢嘉陵
然后把浑黄与清冽的汁儿
和着峡江号子的嘹亮
一同摁进巫山云雨，千里江陵
朝天门，我来了
我恪守着江湖盟约
学你，把白帆挂在云上
又把沧海揽进胸怀

谁在渝州半岛的版图上挥毫
写一半狂放不羁，留一半娇娆可人
两江水煮的丹青，笔墨横姿
下江来的商贾在蜿蜒中迷了路
据说，朝天门的石阶一直通到金竹宫
我听见汽笛与锚，又在叙述大江大浪的
离别或是团聚
可又有谁能告诉我呢

一根棒棒挑起的码头文化
一捧花椒辣子熬制的流香四溢
哪个轻一点,哪个重一些

星月羞赧,辉光向阑珊中隐去
无数魅影在重叠交织着
夜,如绰约处子般温婉恬静
那个寻了千百遍的渡口啊!
那些不可方物的美
怎么分得清迷惑,你的,我的
江水就着华丽灯火诵读
我无暇于两江水岸的诗情

心里升起一片明熹和暖
重庆,重庆,我最亲爱的
在那一摞寄给世界的明信片中
我只想挑出这一张来
然后用行书,小楷和狂草
全都各写一遍:
朝天门,你好!

——原载于《作家视野》2017年第4期

徐 XU
庶 SHU

在西湖散步

消费一湖荷叶,我突然明白
只有浪费才是正事

想把湖水提拔到天上去
看看荷的痴心
睡着的时间是安稳的

我在碎石垒成的湖边散步
一只麻雀在荷叶捂住的水面散步
碎石是时间浇铸的,越用越少
荷叶是钉在空间的一枚枚图钉,模样仿佛虚构

我和麻雀,像隔世的两个故人
彼此方向平行,牵挂,却经不起一点惊吓
麻雀废掉翅膀,天空和飞翔
而幻想飞翔的我们,一旦拔掉一只脚又如何

我们就这样走成一幅水墨画

有风闯进来，仿佛谁都很必要
又仿佛谁都是多余的那一笔

——原载于《诗歌月刊》2017年第9期，选入本书有改动

姐姐

姐姐被阎王用5块钱买去
姐姐家在梁平
那个方向，我一扭头荒草就长出来

姐夫打电话时，姐姐一把抢过去说
不差钱
揭不开锅的姐姐隐瞒了眼泪

第一次也是最后一次去看姐姐
她仅剩的5块钱被姐夫抢去赌博
她被一瓶农药夺走了心跳

等我连夜赶到时
姐姐已不是我的姐姐
一团白泡捂住了她想说的话

石头下山

石头，从山上气喘吁吁跑下来
这才人模人样，立正、稍息

它们站在广场上
全都被剃了光头
石头用诧异的眼光看来来去去花花绿绿的人
原来，人间多么奇妙

来这里踱步的人，心里悬着一块沉重的石头
石头不落地，他们的步伐略显慌乱
让一块石头放下自己的重
剃光头能行么

暮色

一盆墨汁掩盖了苍穹的瑕疵
世界原本是黑色的

许多人趁黑打劫，把自己的恶扔给夜
背负了太多黑锅，夜口难开

落日眨眼间掉下来，我们的忧郁掩盖苍茫
不是天亮了，是我们的寂寞枯到极致燃了

我们波浪一样，往前拨

身后的影子是耗尽一生骨血无法点燃的油灯

——原载于《诗刊》2017年第6期

徐 XU
毅 YI

零

什么也没有
空白一片
没有色彩
你不会去想它
当然不会想到它当时
以某种物体存在过
或许一个数字1
或许一筐苹果
数字1减去数字1等于0
一筐苹果减去一筐香蕉
没有意义
它或许就没存在过
也等于0

零
要么用于生活
要么用于数学
前面的不是数学
而是一大堆语文加点思考

就是一堆理解
也不会影响生活中存在的东西

这一堆想法
虽说得多
但也等于零

人群

挤满了地球的人群
各奔东西
念叨着不同的思想
在同一烈日下
有的生根发芽
有的开花结果
有的带着梦想飞上蓝天
各自选择了别人管不着的路

一群不一样的人
迎着同样的朝阳
呼吸同样的空气
渐渐发生了一段段奇妙的故事
而我们
并没影响澎湃的宇宙

——原载于《芒种》2017年第7期，选入本书有改动

洋 YANG
滔 TAO

孙思邈耀州故里巍峨的药王山上

孙思邈耀州故里巍峨的药王山上
苍翠的杏林开满了唐朝的花朵
春天,在花蕊里赞颂孙思邈的功德

药王救治的贫苦乡亲栽植的这一片心意
凝成了医德普照生灵的千古佳话
唐太宗父子的桂冠撼不动为民治病的高尚

色从成道艳,花是悟空红。杏林里
心血浇铸60卷,实践药方6500个
《千金方》成为史上第一部医学百科全书

清芬温软,鸟鸣杏林,为我们交出满枝爽朗
太白山精气,为我们营造一弯幸福的宁静
李世民称你"名魁大医,巍巍堂堂,百代之师"

杏林里的词语腾云驾雾照亮一代代名医
离我们很远,但又很近。绝壁古栈艳阳正红

雨雪风霜春夏秋冬炼就了刚毅坚强的壮美

杏香千山绿，池洗药草芳，李白杜甫墨泼太白山
回春妙剂济世救民，韩愈苏轼前来演绎仁爱仙境
高高药王山，为孙思邈树立起一座不朽的丰碑

——原载于《延河》（下半月刊）2017年第8期，选入本书有改动

我的遥远的西藏

云，千姿万态着
我的遥远的西藏
水，微泛空明绿波
嚼碎珠峰酷寒的卵石
农家喧嚣着熟透的几亩秋天
望不穿你眼中那汪善波
秀色的影子漂洗清亮的水质
冷杉与雪松拉长身影
堆堆篝火在太阳落山后点燃
同时点燃我浓烈的想念
多彩的玫瑰花雪莲花邦锦花
开放着我深情难忘的记忆
啊西藏，祥光祥气潮湿了高原祥和

在米林巴嘎山沟里
我翻书翻出百鸟争鸣百花齐放
在呼啸的当雄公塘草原
我听歌听出牛羊翻腾的大海
牧女梳理妙龄清纯的羞涩
骏马亮丽了浑身星辰毛色
黎明和诗神一起披着羊皮袄
在青藏铁路的风口吟诵
想象这只跨越时空的大鸟
翅膀上的铁道穿越历史
急急洒下纷纷扬扬的大雪
冬天剪落花朵又盛开花朵
啊西藏,我们设计幸福的冲动

滑过夜空的流星
是我对你激情的祝福
我们都在默默的劳作中
开采西部大开发的旋律
开采文明和进步
啊西藏,我的遥远的永远的故乡

——原载于《都市》2017年第4期

广阔

田埂像一条长长的飘带
从牛鼻子上松弛下来
扬起茅草的愉快,轻插天空
天就晴朗了,树就青春了
微笑的春风泡在碧绿里
照亮我长满皱纹的目光
创业故事在荷塘返青
唤醒睡眠,融化鼾声堆积的山岗
颓废,在蓬勃里失踪
日子变得狭窄
狭窄到极致就成了广阔

——原载于《前卫文学》2017年第4期

杨 YANG 矿 KUANG

折子戏·午

桂花吹进了阁楼，老猫跳上了屋檐
这寥落里的偏安，多让人架不住
人们甚至突然对平日缺少往来的弟兄
含羞抱愧，开始念及手足情深
唯有升腾的白云一直可喜
天天翻新着旧绢子一般简素的天空

折子戏·风入巷

梭子似的风，一年四季自如地钻进来
绕过几栋吊脚楼，再来到几家穿心店
对每个相遇的人点头
那神态多么像故交
风入巷子深处，主要是来看看
水里火里浮生里的人们，夏虫不敢语冰的人们
如何纸一样单薄地活着
又如何纸一样丰富地活着

折子戏·前世在线

这里的人，个个披着隐身的灰
每天消磨着一截恍若飙尘的人生
我好像也曾在这里，爱过某个姑娘
看她皮白唇红，想吃她笑容上涂层的胭脂
后来，满天星辰如同生死簿
明灭之中萍水阔远
前路万里或悬崖千尺，和她再也不相干

折子戏·望江

江风初时一吹，彩云便飘散
像天下的琉璃容易破碎
别呀，你不是忧世的挽澜人，风起关卿何事
你莫要多想，你莫要垂泪
看，长江多宽，苟活真好
管他是谁要污沧浪，还是沧浪要埋谁

折子戏·书信

吾友可好？见字如晤：
前些日子，于江面见一艇浮天地，孤独也
唉，孤独之煎熬，令吾成了百炼炉间铁
而岸上诸花都谢，如凡人江湖辗转

乱哄哄来去不由己，纷飞也
此情挎人醒，惊觉名利莫不如这般
风中花，风中蝶，风中烛……不列举了
故来嘱你，世事颇艰，望安贫乐道
莫争握不住之物事，唯平安是真
别无他话

——原载于《吊脚楼·折子戏:王波油画作品选》，北京:中国文联出版社，2016

杨 YANG 犁 LI 民 MIN

身份

一个名字，用来写诗，印书，在文字中称王、
行走江湖、醉酒、结交朋友、自我放逐、
养狐、享受孤独、喊痛、自曝秘密和羞耻

一个名字，用来结婚、填档案和学历，
看病，存钱，办信用卡，当父母、儿女、夫妻和亲戚，
跟活着的和死去的都扯上关系，打官司、签合同、
评职称、编族谱、贴讣告、写悼词、刻墓碑

两个名字，两种身份，两张画皮，共用一具身体，
互不相识，又经常打架，你死我活，有你无我

诸峰生长

只有在夜晚，城市和乡村塌陷下去
武陵山才黑魆魆地凸显出来，诸峰林立
“我”才凸显出来。我一个人来到旷野

晚风吹过我的身体,吹走几十年沧桑岁月
吹得我赤身裸体似的。只有这个时候
我才是孤单的、清醒的、独立的,因而也是真实的。此刻,
我不是父亲,也不是儿子,不是丈夫
也不是女婿,不是长辈,也不是晚辈,不是上级,也不是下级
不是楼上,也不是楼下,不是同事
也不是邻居,不是左,也不是右
不是前,也不是后,不是贵,也不是贱,不是高
也不是低。世俗的身份没有了,我是露水之外的一滴露水
我是小草之外的一株小草
大树之外的一棵大树,石头之外的一块石头
我是众多星星之外的一颗星星
月光下的一个黑点,被拉长的人影。俯下身子
我也是一个甲虫、一只蚂蚁,作为一具什么躯壳
腐烂在泥土中。当我站立
我就会长成一座山峰,跟着十万武陵山
齐刷刷向天生长,向穹庐和寂寞的高处
长出第十万零一座荒凉

马槽坝

穿越无边深山老林,最后来到了峰顶
这片草场虽然不大,但也足够一百头水牛吃草
闲逛,在淤泥中滚澡
用不解的眼光打量陌生人

可是要停泊那么多白云,就实在太拥挤了

好在悬崖下就是一望无尽的人间
其中有两处是浪坪和庙溪
十万高山大峰都在塌陷,成了茫茫丘陵
想停多少白云就停多少白云

此时,几个小人在悬崖上走来走去
仿佛往天上赶路,商量什么重要的事情
又像在阻止一朵白云轻生

新坟

刚刚垒起一座新坟,有些突兀
和周围的环境似乎不大协调
里面的人,一时难以适应
似乎极不情愿,还没有学会沉默
不断翻身,泥土直往下掉
连乌鸦也跑过来,在上面不停地叫
不停地飞。周围的坟墓,一律选择了沉默
来面对一位新人
新鲜的隆起,仿佛宣布一种存在
一种占领,对死亡拒不领受。
时间和风,用了很长时间
才让它安静下来,把它起伏的情绪抚平
并逐渐成为大地的一部分
尘埃的一部分

——原载于《人民文学》2017年第4期

宇 YU
舒 SHU

骨头里的金属

我的锁骨里有一截金属
那是青藏高原留给我的纪念
那是小镇定日留给我的纪念

医生说,既然没有长出骨痂
那截金属最好不取出

可是,如果人死后必须要火化
这截金属,它会不会妨碍我转世
会不会让我的来生,成为
羊堆中最孤僻的一只
鸟群中最沉默的一只
飘来飘去的轻盈的云中
最重,最坚硬
最闪耀铅的光芒的那一朵

替

我多年前死去的爱
原来仍在我的骨头里活着
我死去过许多次的爱
碎成了片,尸首尚存的爱
在不同的,看上去都很善良的
人那里,死过的爱
我突然想替它们,再爱一次

替那些偏执的表达
继续表达。继续喋喋不休
替那些,从未被听见
听见了,又被忘记的
那些从未被拥抱,拥抱了
又冷却的,那些从未被原谅
却渴求原谅,因此
被这个世界勒索的
为那些从未被治愈
也永远不会被治愈的
为十四岁时密密麻麻的日记
十八岁时,黄桷树下的亲吻
三十岁时的一沓旧书信
三十五岁时,一次穿越冰冷
城市的喊魂,四十岁时
一次失败的尴尬性爱

为它们全部,艰难地,再爱一次

他们都在朗诵情诗

我爱上过
许多幻象
也打碎过许多幻象
你是其中
一堆碎片

我为爱情写过很多
贫弱的文字
隐秘的文字
禁忌的文字
从未彰显于世的文字
——我的文字
被所有
我爱的人践踏
比如你,比如病,比如瘦
比如美
所有的花砸下来
把我砸伤
——干花、枯花、罂粟花
暗夜里飘过的,暗河里漂过的
受难之花

今天,我朗诵了一首
关于妹妹的诗
我差点儿哭了
为什么他们能这么大声
说出自己的爱,为什么

——原载于《十月》2017年第5期

姚彬
YAO BIN

在春天，想我和世界的关系

其实，树木厌倦了生长，鸟儿厌倦了飞翔
流水将自杀，北已无路可逃，退到北里

我明白了这些道理，但人间不明白
一只大鸟，站在树上不看山不看水，不看飞翔

我很孤独，所以狂欢；因为自卑，所以吹嘘

繁花还是盛开了，树木还是长高了，鸟儿还是飞走了
谁在传授或教唆？忘了辩解和对换？

众神之下，鱼卵和蚌，牛和马，即将开放的栀子花
我坐在大石头上，抚摸悬空的睡眠

只因为石头是空的，我不能坐实，睡眠不能沉着
石头上的蚂蚁却是胸有成竹的，鸟粪稳重而牢固

书页孤独，所以孤独；灯光明亮，所以明亮

书页中有我放置的银杏叶,灯光里有我未喝完的白开水

香烟规规矩矩地躺在盒子里,夹竹桃无声地站在月光下
我将破坏香烟的秩序,我会对夹竹桃抒情

我入室无门,我出门不归
春花荡漾,我用春花证明了我不是春花

如此推断,我不是杜鹃,我不是天空,我不是故事
但,我一定是掌握了某种技巧,可以复述故事

可以分辨我是我,也可以狡辩我不是我
树木长不长,有时和我有关系

鸟儿飞不飞,有时和我没关系
我一定具有很多魅力,这仅仅是我和我的关系

因为三月了,所以我在春天
因为……

——原载于《2017中国最佳诗歌》,沈阳:辽宁人民出版社,2018

整个下午，他都在擦着那块玻璃

我一直在想，他是否要把那块玻璃擦成无
这是一块不到一个平方的窗玻璃
里面有飞鸟的影子，有磨刀大爷的吆喝
有少年在里面诵读，有情侣在里面低吟
有屠夫鼓起的牛卵子一样的眼睛
有悍妇汹涌的波涛
有普拉斯的自白，有金斯伯格的嚎叫

我一直想，一个瘸腿的人从少年走到中年
为什么要以一块和他相依为命几十年的玻璃为敌
如果要彻底打败它，一锤就会取得胜利
为什么要用一块柔软的棉布去对抗

整个下午，我都在看他擦那块玻璃
仿佛是他在用一块铁砂布擦着我的身体
有时溅起冷冷的火星

——原载于《诗刊》2017年第6期

一定是这样

一定是这样
我的胸腔有人在修一条高速公路

他们放弃锤子、钢钎、炸药、推土机
用柔软的绳子，条形的水
替代了石头、水泥、沥青
这条路一直通向悬崖
悬崖上站着神和乞丐
顽童、盲人、聋人和妓女
下面是万丈深渊
和一列奔跑的无人车
一条金光闪闪
通向大海的道路

——原载于《四川文学》2017年第8期

杨平
YANG PING

蛙鸣

只说一个单词
但不是简单的重复

说的是绿吗
又像不是
说的是静吧
也不像是

只是它每叫一声
池塘里的露珠就会
在荷叶上摇摇晃晃
蜻蜓在莲花上
有些站立不稳

池塘的名字是蛙鸣叫出来的
每叫一声
池塘都会应一应

爱上闪电

闪电是走得最快的人
我们的目光
也赶不上它的脚步

它可以把黑夜
撕烂
把我们藏在内心的那些阴影
带走

焚烧是一瞬间的事

夜色下的大海

一个喜欢黑色的人
在夜里一眼就认出了你
一个喜欢回忆的人
喜欢上了你

在天空的映衬下
你浩瀚而无边
而夜色下的你是那么沉重
总是思绪万千
总是那么的不安和骚动
像一位思想者

永远不会停止思考

即使月黑风高

即使天上没有一颗星星

——原载于《海燕》2017年第10期，选入本书有改动

杨 YANG

康 KANG

天地

天再大,也不过是从马家沟到唐家院子的
山与山之间,撑起的那片蔚蓝
还要说得再大一点,那就是永兴村
到沙河镇,头顶上的那片蓝

地有多大呢?也不过是一头牛从山阴一面
放到山阳的一面,是阳光
从山底爬到山顶走过的长度
还能有多大呢,不过如此

他们的一生,都生活在一个狭小的
天地之间,我的天地也只有他们那么大
我把他们分别叫作,爷爷奶奶
父亲和母亲。叫作
我在这个世界上的天和地

闲聊

偶尔，我们还是可以聊聊
生活之外的话题，说一些无关痛痒
的话。我们的聊天
像两朵云，在天空中擦身而过

没有方向的聊天是舒适的
没有重量的感叹是奢侈的
别问我最近好吗
说说你除了写诗之外的事情

告诉我，你在山坡坐着的时候
吹过来的风都对大地说了什么
你看到的那一片树木
有没有比去年矮下去些的感觉

坐累了，就起身下山吧
回去的时候可以走来时的路
也可以绕开荆棘寻找另外的出口
就这样聊着，多好

尘世的摩擦产生了生活的美

而生活的场景是这样的，路两边
商铺，饭店，旅馆和足浴店相互交织
学生，商人，民工和美女，忽前忽后
挑着水果的小贩今天没有遇到城管，他正在
招揽生意。路已经堵死，公交车和出租车
同时亮起红灯，很显然他们失去了鸣笛的兴致
豪华轿车里的女人，摇下车窗，摘下墨镜，看了一眼
在车与车狭窄的空间里，跑摩的的人
寻找着出口。对，就是这些在拥堵中
还努力追赶时间的家伙感动了我
他们身披希望之光。傍晚，我开始热爱城市
灯光与晚霞在夜色里相遇
我的生活，也在拥挤，在排队，在等候
在琐碎尘世的摩擦中
生活的美变得细密而柔软，具体得
就像此时我正匆匆赶路
美好得像是要去见一个心仪的人

——原载于《延安文学》2017 年第 5 期

杨 YANG
胜 SHENG
应 YING

是该下一场雨，找回我们躺下的亲人

大地辽阔，很多人已经找不到
被温暖拥抱的位置
只有借雨水流动的姿势
才可以深入到泥土的最深处
挖掘到清凉，找回我们躺下的亲人

从天空到枝丫到屋瓦再到低低的沟渠
人间是一个被路过走过错过和遗忘的过程
那满山遍野的绿和汹涌澎湃的艳
终究是覆盖在一个葬字上面
我想表达的爱，一直是淡淡的暗

现在我们有了更多的附属物
包括新的身份，地址，语言，衣衫
但口音，依然要在颤抖中才能够体验到欢愉
那些疼爱你的亲人，他们陷入了
长长的睡眠，不应该是你的一味中药
而该成为世间变暖前的一颗心

好怀念那时候的哭声

那是三十年前的一个晚上
天黑很久了父亲还在山上
母亲也还在地里
一阵雨夹冰雹就这样突然下了起来
我听见了瓦片碎裂的声音
雨水流进房屋的声音
因为那盏煤油灯突然被吹灭
我吓得放声大哭
那么单纯,那么无助
在那个年代,父母还没有老
我也还没有长大
我的心里除了装着亲人
还装着菩萨

她在哭

我们只看见她在哭
蹲在屋檐下,把悲伤降低到了
尘埃底部,就要接近大地了
这些流动的水,没有人能够看见
里面深藏着的清泉和盐
只知道她是附近工地的一个小工
没日没夜地搬运着砖头、水泥、砂浆
现在她还要搬运自己的男人

那个被失控的塔吊掉下来的重物
按回大地内部的老实人
她哭得那么伤心
因为她从来没有搬运过
这么远的路程
何况还是自己深爱的
一个正在逐渐失去体温的
家庭的主要劳动力

——原载于《草堂》2017年第5期

哑
YA

铁
TIE

盆景

你们一定来自大野
带着某种隐秘，众多手掌摊开的
柔弱，有微微的颤抖
空出来的小惊喜，刚好蜷缩在墙角

这跳动的绿，怯怯地逡巡、游走
迷恋窗外避雷针上的鸟影
也像我，偶尔发发脾气
我总是误认为那三只灰喜鹊
叫声异样，居心叵测
听听，总有鸟音从窗户拐进来

或许只是幻象
只是这些叶片，不甘寂寞的私语
我端详这些盆景
凝望——像两株盆景各不相让
这种对峙，唯一区别
在于：他们，多像春天的诗行

故事

正午，猫在昏睡
一只狗猛然扑向墙角
夺路而逃的老鼠发出吱吱尖叫
逃散的
还有它迎娶新娘的美梦

树荫下，一个挑担的人坐下来
与身边斜躺着的柴捆
各自想着心事
手里的烟卷忽明忽灭
像那一寸寸矮下去的光阴

田野浩荡无垠
蝉鸣声将群山推向旷远
某个屋檐下传出的咳嗽声
飘浮在空中
被长满荆棘的苍茫
轻轻压了下去

竹杖

20年前，一只竹杖
领着祖母走过很多地方
20年后，另一只竹杖

领着父亲

将祖母走过的山路

重走一遍

——原载于《诗刊》2017年第7期

易
YI
致
ZHI
国
GUO

寸滩，你消逝的背影

一群行人在排队，明朝、清朝，一直排到身旁。
那些骨头发着光，是前世还是后世的？
马帮穿过石板桥、石板街，夜空里拉长身影。
乡绅之殇，秋叶飘零。黄桷树就在我的记忆里，
马的味道，马尿、马粪，刻在历史的深处。

豆花的香味，飘过石板街。我的目光游离，
或你，或我，或明天的清晨。
夜晚煮着冬天，把它拉长，
街头的店子里，我看见马帮的女人。
她关闭窗户，任凭夜色笼罩、江流千古。
她伸手轻抚，把我丢进记忆里。

小镇、老街、岁月，都在渝水之北。
夜色、白昼，白昼、夜色，
双指点燃的灯火中，
倒挂的大海，星光点点。
想起了镜湖水，或者旧时波。

消逝在寸滩的影子。

乡愁

我就是夜空的星星和黑夜，
变换角度，切入的位置。
青山在褪去的金光，那些鬼谷子在几千年前的声音里，
弹唱、拨弄往日旧庭花。

飞过头顶的子弹，盘旋在竹林。
那些跌倒、爬起、跌倒，连着夸张的呼叫，
夜色中萤火虫被装进玻璃瓶，
碰撞中发光，或是发光了碰撞，
是我童年的心结。
直到，成年后的红绿灯打开了尘封。
地上爬着的是他年的记忆，
镌刻了竹林的欢笑和尖叫。

走过田地的空隙，排排林立的谷桩，
被清晨父辈割掉的粮食，
在晾晒，石板上、土坝上，都是希望的泪水。
太阳普照，母亲疲惫的脸上的欣慰，
一如父亲的高粱酒后的神情：
今年是个好收成！

我就是父母的庄稼，被雨水呵护，

成了今天太阳底下的一棵树木，
远望着家乡，被人砍伐！
成为一个又一个新家，
这是从东周中走来的天下，美丽如画。

——原载于《西南商报》2017年11月17日

余
YU

真
ZHEN

走

父辈们一生习惯了行走
山路，被他们踏平
黎明，黄昏和黑夜，都已经被
睡眼蒙眬的眸子碾压
他们走过越来越宽广的道路
他们走过越来越瘦弱的农田
走过越来越薄的日子，在镰刀
穿越麦田的风里。被拦腰截断
越来越深的春日，依旧有幼苗顶破土壤的
故事发生，依稀可以看到走过百里
背大红衣裳的新娘，唢呐奏响落日
然后一生插秧，育子，走山坳，踏平
黄土，走浣衣的池塘颤抖的绿，走青黄未接的
荒地，一锄一锄地开垦。一生
要走万里相爱。对我们来说，
距离很近，也很远

——原载于《草堂》2017年第8期

镜像三章

我需要这世界最多的荒废,像阳台上的雏菊
迫不及待地枯萎
我需要你把我忘记,像抖下一片融化的羽毛
我需要曾经是一株海棠,举起熊熊的烈火
我需要当我跨过生命的纵流
所有的河岸就改变春天的流向
我需要带着类似冰晶的深情,不跟你们任何人挥手
只要我离开的时候,你们已经知晓了我的惊惶
只要我的日出曾经接近火山
只要杯中的海洋后来在地面澎湃
只要我是其中一个凸起的浪头
衔着天空一朵芳香的草环
当我回到我的家乡,你们任何人都不必向我道别

——原载于《诗歌月刊》2017年第1期,发表时署名“苏陌年”

远近

此处空山静寂,人去楼空
石头是密集的,遁世的菩提

每一寸河流每一枚树木每一朵灵魂
都在接受尘埃遥远而漫长的斧正
只有坟墓,越挨越近

身份

每个晚上，我陌生的双手，
紧紧相握。它们在世上毫无亲信。

我的左腿遇见右腿，它们截然不同
用自己的部分风湿。

我的左眼和右眼永不相见，它们从不相爱，
却一同替我流泪。

我的爱人爱着他自己，偶尔来宠幸
一样孤独的我。

我怀有潮汐。喜欢在阳光的时候，让自己
在青草地上歇一歇。

让我，跟它们，也能在阴影上
找到自己缺少的部分。

——原载于《诗刊》2017年第14期

袁宏
YUAN HONG

羊群也是美丽的花朵

羊圈前,许安全伸出手指
掐算,一变成二
二变成四,四变成八
八变成十六,十六变成三十二
三十二最后变成了一百二十
数字出现裂变
他仿佛掐断了穷根
内心一阵战栗
阳光斜射过来
脸上荡漾着春光

此时,放牧在四周的羊群
成了他眼中最美丽的花朵

一片金色的向日葵

太阳走,他跟着走

太阳休息，他低头思考

一片金色的向日葵
颤动着炫目的光芒
引来了一群幸福的彩蝶
也引来了城里人观光

小王站在葵花地，手舞足蹈
自从发动搞观光农业
仅这一片向日葵，就给他增收几万元

提到精准扶贫
小王像一株籽粒饱满的向日葵
虔诚地垂下了头

水

老支书辞世时
微张着嘴呼喊："水、水、水……"
新支书小刘跑出去缸里舀了一碗水
老支书摇摇头，不停地喊："水、水、水……"
小刘跪在父亲床前发誓，要解决村民用水的问题

天苍村五六百人平常靠天吃水
遇到天旱就人工送水
山顶上一股细流带来了希望

扶贫攻坚仗在村里打响
村民们渴望解决饮水问题

小刘多方筹资启动了饮水工程
后山炸响了第一炮
村民有钱出钱,无钱出力
决战一百二十多天
一股山泉哗哗流进村头
王大爷捧起泉水,跪在地上,
突然高声呼叫:
“老支书,你闭上眼吧,我们有水啦!”

——原载于《星星》2017年第28期,选入本书有改动

柴火

适宜做柴的。往往住在山效野外，田间角落
但总有人独具慧眼，发现它，带走它

然后。主干，枝条，叶子，渐次归类。它们
曾是同一株树上的绿荫，也将在同一火炉燃烧

最初的火焰，来自叶子。它们质薄，清脆
一点小东风，就跃跃欲试。给出此起彼伏的掌声

然后是枝条，树干。树干的火焰最持久，也最明亮
赢得无数人的赞词。此刻，再没人提起或记得

曾有多少叶子，匍匐成灰烬
灰烬中，一个个树干的丰碑，骄傲挺立着

——原载于《作家与文学》2017年第6期

云朵
YUN DUO

情书

我用心为毫，研夜色为墨
蘸三江水，融桃片香
在月亮上铺玉宣
写情书与你

在濮岩寺的鼓声里
下笔。勾，擦，点，染
铺就长亭，短亭
描摹马蹄扬起春风
一只蝶，孤独起舞

落款。提，按，捻，转
八面出锋。倾斜的笔画
奔跑着思念
你的名字，力透纸背

我要在晨钟唤醒太阳前
盖上唇章，再把

自己整齐地

叠进信封,连同月光画笺

一起寄给你

——原载于《诗潮》2017年第1期

燕 YAN 刀 DAO 三 SAN

赶路

如果赶在时间前面
你就会看见
满街都是白骨
如果你赶得足够快
你也会发现
你自己就是一架白骨
于是你情绪低落
于是我劝你
要对时间满怀敬畏
千万不要赶得太快

——原载于《泛粤东短诗经典》,北京:团结出版社,2017

赵 兴 中

ZHAO XING ZHONG

说

说到初恋的时候,必须从小镇
说到绕过柑橘林那尽头的小路
说到镇外的跳蹬河,说到河里裸泳的
儿童,说到黄昏来临,说到一首流行的
歌,说到黑夜或者月亮走我也走
如果是早晨,还须说到被赞美的杏花
说到桃树,说到气息,说到等待
说到迷惘和慌张

说到失恋的时候,必须从小镇说到
孤独,说到痛,说到蛀牙,说到虚构
或者爱的乌托邦,说到阴影和葡萄
说到梦醒时分的向日葵,说到酒
说到跟往事干杯,说到玻璃杯摔碎
如果是雨夜,还须说到失眠
说到感伤,说到爱与哀愁
说到过眼云烟

——原载于《〈诗刊〉创刊60周年诗歌选》,北京:作家出版社,2017

在寒山寺听钟

寒山寺被苍翠,浓荫,钟声笼罩
我进入寺中,并不正宗的钟声有些刺耳
敲木鱼的几个年轻沙弥,像木器厂的临时工
敲击的手法粗糙,木鱼声浅薄,且不回环
远不及姑苏城外樵夫砍柴的斧斤之声悦耳
只一声,惊动了摩登少妇还愿作揖的姿势
她们才是被钟声所吸引的人
但我想,可以在夜半钟声到客船的小溪流上
去遥想当年寒山寺的单纯表情吧?
佛说,放下,放下,嗯,我不该急于在寒山寺
翻找经卷中为虔诚者存放的虔诚
七月的月色淡了,山影淡了,钟声淡了
干净的霜天淡了,朦胧的江枫渔火淡了
晨钟里的灰烬,甘为暮鼓的替身

——原载于《百年新诗2017精品选读》,成都:成都时代出版社,2018

赵 ZHAO
晓 XIAO
梦 MENG

喝酒的人

我能够给你的，都交代在这杯酒中
交代给那个从贵州方向来人的手上
从黄昏到黎明，雨雾一直在山谷堆积
我要等的人那个喝酒的人还没动身

迟到不是用来惩罚而是用来奖励的
这三杯入席的酒显得过于小气
就来个小钢炮吧，先把场子震住
谁让我要等的那个喝酒的人还在路上

喝酒怎么可能没有声音呢？
这屋外赤水河和二郎山的吼声
这桌上除了菜品和诗人是沉默的
其他的都在一杯酒后变成了话家

话家从一首诗说到一个人
从男人说到女人，从一个中心说到
多点开花。最后在一杯酒中回到一首歌

"若要盼得哟红军来，岭上开遍哟映山红"

对这些喝酒长大的人来说
冲锋陷阵的动能不会随时间流逝减弱
企业改革和利润改善让流动性明显增强
板块轮动，酒的大盘一直在高位震荡上扬

每个人的酒量估值都不能用金杯银杯衡量
对赤水河边的人来说，酒不是问题
问题是天下没有不散的宴席
问题是我要等的那个人始终没来

从黄昏到黎明，喝酒的人在桌上堆积
微信最新动态，堆积荤的素的段子
堆积酒的豪情与放慢步伐的GDP
也在堆积对某个人不着边际的感情

品酒的人

给还没喝的酒取一个名字
慕容或素芬，决定身份地位高低的
是历史和掌故。即便同出一门
也尊卑有别，年份之外还有工农牌

酒一旦喝了就只有好和坏之分
就只有继续仰脖子还是皱眉头

追涨杀跌还是不动声色耐心持有
取决于换手率背后是否量价齐升

明显的诱多之后,众人皆撤而我还在
北纬28度的山上苦等“解放军”
那些事后方知的波段操作
只会使持仓成本越垒越高

酒量再好我也只是用舌头浅尝辄止
学会克制让我放大了酒的局部
那是水的滋味风的滋味时间的滋味
也是故土乡谊坚韧勤劳和千年的传奇

作为中国为数不多的品酒大师
我得给这还没喝的酒取个好听的名字
就像业绩再好,没有故事的风口起飞不了
即便是一杯酒的香,也会让你灵魂出窍

——原载于《江南》(江南诗)2017年第6期,选入本书有改动

赵 ZHAO
贵 GUI
友 YOU

清空内存，去下载一匹山

收买一段封锁的雨，走出围城
有匹山，在远方等待

浮华的心思太重，累了城里日子
喧嚣昼夜调高分贝，撕裂着梦境
花勉强地开，树虚假的绿
所有事物都开通了高速
手机、手机、手机，指尖不停抽搐
寺庙联网，佛祖上线
二维码当道，游戏数钱
网红像走马灯，心灵鸡汤一碗又一碗
全是热气腾腾，新鲜出炉
眼珠蒙蔽了思想，大脑系统濒临崩溃

赶快清空内存，去下载一匹山
读它的高，触它的空，抚它的慢
再从山巅牵出一匹闪电，照亮寂静

——原载于《成都晚报》2017 年 1 月 8 日，发表时署名“自由鸟”

张
ZHANG
天
TIAN
国
GUO

进奉母树

1300年的进奉母树
眨眼一刻,回到花季
皱褶里的贵妃泪
流过千年沧桑
母亲的传说还在根里

情窦初开
暗红罗裙撩开羞涩
初乳里的微黄
战栗出满身疙瘩

我从梦里长安走来
化名李隆基
无论在华清池给她搓背
还是骊山狩猎博她一笑
或一道安禄山逼迫的圣旨,送她
马嵬坡三尺白绫
都是我反复虚拟的语境

手心里捧着一粒剥皮荔枝
如同捧着1300年
更长久的母亲

800年高力士回首看见了谁

不阴不阳的朝靴
1300年回头成疾
忽又回头察言观色
是偷窥贵妃薄纱隐露的雪肌
还是提防背后冷箭

800年回首不易
手搭拂尘的荔枝晨露未干
轻嚼荔枝皮堆笑味长
即使肉体背叛了肉体
即使灵魂永远不能跪安
只要一息尚存
再低头媚眼800年
或更远
依然趾高气扬传旨
就是不知道回头看见了谁

贵妃醉酒600年

贵妃,你喝干了
多少朝代的酒
一醉就是600年
是后宫争宠的惊恐
还是安禄山的马蹄

600年一夜宿醉
忘记了宽衣解带
三千佳丽于一身得意忘形
醉后春宫的跌宕
掀翻了李隆基的发髻
江山瓦砾成堆
你不能打马归来
却能驭马有术
哪怕再驭600年
依然马到成功
而江山颤抖着穴位

——原载于《诗选刊》2017年第10期

张 ZHANG 守 SHOU 刚 GANG

做面

下弦月刚刚爬上山冈
用面求生的人
在异乡的黑暗里
甩开睡眠
甩开故乡的犬吠
爬上机器的齿轮
压低声音
依旧是生活的痛

这些面粉里抬起头的人
有一个好听的名字
做面　面面俱到
撒下白
不给生活丢脸
广阔的大地上
他们把日子喊醒
总在天不亮的异乡
打捞月色

砖厂

那么多听话的泥土
聚到一起去了
它们奔跑跋涉
在经过履带的时候
放慢了步子

方正的土块在天空下
突然板起脸
看不见自己
一摞摞堆起来
看谁更高

它们开始经历风雨
经历燃烧
用硬度说话
埋下说不出的疼痛

——原载于《草堂》2017年第1期

秋风中的水竹林

那些破败的断亘残壁
在秋风中流下浑浊的泪水

它们的主人举家远走
多少年来也不再回来
墙头的野草呜咽
在诉说心中的委屈

身后的大山更加丰满
隐去了牛哞
藏下了重重的鞭痕
依旧在山那边荡着回音

山上的灌木丛 荆棘 杂草
开始了一年一度的变脸
再一次把水竹林
抛进更深的荒凉

——原载于《四川诗歌》2017年第1期

张
ZHANG

鉴
JIAN

过竺云古驿

下午五点。和斜阳一起，路过竺云古驿
破庙残垣中居住的古人
身穿草服，头戴野花，起身和摇曳的马蹄
招呼：兄弟，停饮一杯否？
好，好

先饮房前大片桂花，再饮后山数股清泉
捉几粒蝉声，慢慢下酒
不做诗，实在浪费
看，到处都是散落的诗意

蚂蚁哼着小调过来，黑色的歌声
漫过石板路。曲水流觞
一朵红颜流来，一枚才子正好接住
今夜，爱情，一定是最美的杯盏

明月爬上城门，诸神大仙走过
菩萨睡了。身上的红，泻落一地

我们路过，尘世
越——来——越——远——

——原载于《成都晚报》2017年6月7日

夏日黄昏

夏日黄昏，我总喜欢从来凤小镇
向周边的乡间走去
小路上遇见拿着玉米的小孩和背玉米秸秆的老人
夕阳绯红，云霞缀在他们的脸上或眼里

田野在白昼最后的光线里静穆
我飘荡其间，幻想成为农妇
或者一株慢慢发光的稻谷，等待黑夜
和镰刀收割

——原载于《重庆晚报》2017年6月27日，选入本书有改动

郑
ZHENG

洪
HONG

玉兰笺

提笔只是惘然。当春天
从山下席卷而来,大地的欢颜
岂止是一件新衣、满目繁花
次第捧出一盏一盏的玉兰
那是整个春天的指引
整条河流的灯塔

我听见她们绽开的轻裂
还有落在大地的重叩
在玉兰的笺里,一定有我不知道的光阴
故事、悲欣以及跫响
或者是一盘平淡的棋局
我在大雪中落子,在春风中推枰离去

但我不能言语。玉兰沉默
以白的粉的姿态唤醒整座青山
流水,杏花,以及别离
在玉兰的笺里,回忆不过是

一帧一帧的绣像
简单地勾勒岁月。在夕阳背后
剪影成并不分明的骄傲或者卑微
多像一次远行,错足便是
若干年后的三月

玉兰诀

最后一盏玉兰是诀别的灯
春已入骨。桃红梨白柳絮飞
盛景装满了盛景,霓裳舞动着霓裳
你看不见那只奋不顾身又衣衫褴褛的蛾子

看不见灯下、夜雨中那少年的白发
呕血的诗行都祭了这个三月
要破碎就破碎吧
要凋零就凋零吧。玉兰诀
早已翻不动经页,封面刻上岁月的犁
刀刀憔悴损。直把青峰削为尖刺
截断所有衣带渐宽的音讯

请记得这最后的玉兰,最后的灯
把春天还给春天,把你还给你
要抱紧就抱紧吧,要挣扎就挣扎吧
玉兰诀,不过某个春天的印
烙在少年的掌纹里,经年不消

——原载于《重庆晚报》2017年4月12日,选入本书有改动

周
ZHOU
鹏
PENG
程
CHENG

草场水墨

布谷的歌词是新的
老歌在四月薄薄的风里像流水
盘旋而下。山中的桃花窃窃私语

一个身披绿衣的人,在草地上打坐
模仿少年的黄牛,呼唤母亲
嫩草依附在春光之上

蓝天微微挤压无边的旷野
凡间的仙女正在把各自的新郎
拖到地老天荒

龙水峡感怀

我就是一只小虫子
在你撕裂的伤口里
听你旧年的呼吸

那飞流千尺的风景
分明是一个人痛苦淋漓的泪水

你的伤口注定无法愈合
打再多的补丁
也只是满足我们爬进来的好奇心

仙女造三桥

多么荒唐的结论,说你是天生
喀斯特不会开口
它若说话,一切都会重来

这里,原本是仙女留下的后花园
青龙、黑龙、天龙
是仙女捏出的三条小径

当凡夫俗子的思想沉下去
幽会的捷径便成了需仰视的桥
时间废弃的桥

仙女制造了繁华似锦
却在车水马龙中放弃了人间烟火
关键是她让我们常常想起往事

——原载于《诗选刊》2017年第8期

钟
ZHONG
其
QI
贵
GUI

不灭的圣灯

有一盏不灭的灯
一盏照耀民族兴旺，生生不息的圣明之灯
一盏在风雨中熠熠生辉，在世俗眼中独立的神明之灯

一盏超能量的不灭之灯
系于窄窄的三尺台系于一份
责无旁贷不可懈怠的担当
系于一种轻功利重良善的爱

不灭的灯光照耀着曾经荒芜的路
温暖着一颗颗年轻向上向善的心
让一个民族正在崛起，让一个
伟大的复兴之梦渐行渐近

——原载于《星星·诗人档案2016年卷》，成都：四川民族出版社，四川党建期刊集团，2017

左秀英
ZUO XIU YING

上弦月

卧在无边的星星演奏的声音里
有没有给不眠者以节奏
有没有预备一个时辰
给遗弃者，一颗述说的星星
一个枯井的荒凉
转吧，转吧
没有绳索的轱辘
时间这东西永远不生锈
走不坏。只是石级太多
膝盖有伤。扩散
时光。
上弦月，一个安静的形状
带着昏黄，昨天的明亮
我在月光里聆听
岁月定格在嘉陵江深处
窃听到一个女子的期盼
泪湿的夜。

——原载于《海南日报》2017年6月11日

香水菠萝

香水菠萝以及
老树皮制作的檀香
静寂中显出香味
午后三点半的阳光
映上青砖楼的侧身
一言不发
苦楝子的光影还是枯色的
我等了两季
等它开异色的花
或者显出优于世俗的情怀
然而,打在墙上的阴影
突然像我散乱的妄想
此起彼伏……

——原载于《陕西文学》2017年第3期,选入本书有改动

左 ZUO 手 SHOU

众生

地下铁入口处,蠕动的灰色队伍
好比沙坪坝烈士墓前等待敬献花篮的子孙
用姹紫嫣红的生,怀拥容颜素净的死

车厢不断向内透视,灭点处隐隐传来婴孩啼哭
我转身,在多节的铁皮容器里
望见漫长的产道,望见母亲子宫根部小小的我

我站定此刻,任凭地下铁携带盛大的空间穿过腹腔
我是:他不断寻找的那个你
我是:我不断重复轮回着的我

——原载于《星星》2017年第25期

幼时养蚕

小小的我在铁皮文具盒中养三条蚕虫
白白胖胖
从早到晚啃桑叶,蓄积丝线
衣物在体内成熟

蚕虫将卵群生在作文本格子里
语言在繁殖
小小的我盯着一颗颗芝麻般的宇宙
破壳,露头
那时,我还不知道这些都是诗

自然出处

将丝瓜放老,可做洗碗布
切开葫芦,剜净肉,可当作水瓢
理好芒草,可编织成扫把、斗笠
收集棕树皮,可搓成麻绳、蓑衣

湘西南村庄,每一具人工制品都有自然出处
它们没有丢失本真
它们以另一种形态活着

——原载于《诗刊》2017年第22期

子磊
ZI LEI

窗外

她望着天边的白云
一朵朵飘过去
整整一下午
她不记得有多少人来过
宽敞的办公室
白云一朵一朵地飘过
足足有三十二朵
就像她三十二岁的年华
后来
一朵乌云落在了咖啡杯上
她端起来
使劲喝下去

——原载于《诗刊》2017年第18期

在大风堡

在大风堡，你就是一只鹰
纵身一跃
把淡墨水彩的天空
撕开一道风口
霞光在万顷碧波上跳舞

在大风堡，你就是一声鸟鸣
早早就把春风唤醒
十万里的春风啊
让这些高山木兰、云锦杜鹃们
提着粉的、黄的、紫的裙裾
满山谷的奔跑
所有的枝叶肆无忌惮的向我招手

春风的手撩动了你的发梢
在高高的峡谷里
月亮湖是一片梳妆的镜子
太阳湖保留着你亘古的容颜

在大风堡
就做一片不走的白云
就做一只枝叶上的昆虫
亿万年也走不出你的山间

——原载于《成都晚报》2017年6月7日，发表时署名“张建敏”

张勇敢
ZHANG YONG GAN

与阿楚，在北山公园

总觉得该说些什么，沉默即将在我们之间
制造一种木质的空气，长椅是暖的，如果我们挨得足够近
此刻，唯一可以确定的是，落日的余晖就要从你的眼角滑落
而另一些事情反复重叠、变得模糊，等待着回应
它们悬而未决的姿态让人着迷，看着夜幕缓缓拉开
再等片刻，便与潜伏在你体内的夜色共舞

阿楚，我知道我挚爱的一切都将离我而去，它们快步行走
它们融化、蔓延、又重新筑身为墙，将我包围

阿楚，“就让我们再一次拥有彼此的嘴唇，这盛满清水的陶罐”

——原载于《中国诗歌》2017年第9期

每个人被隐藏的部分

人群苦练伪装术，在失眠中拉开巨大的黑色幕布
尚未得到的孤独陆续登场，舞台危机四伏——

零点刚过，便开始有几张陌生面孔出现
那些在生活间隙处，被我忽略的人们
在夜里循着某种路径，重新叩响我身体的大门
辗转反侧之际，用尽在陌生人身上虚设未来的想象力

前半夜我们曾蒙起双眼，品尝危险事物带来的美感
短暂的欢愉，在春天面前显得渺小
同样微不足道的某些渺小事物，诚如此刻的我们
小心翼翼，长出许多被隐藏的部分

西禅寺早起的公鸡按时拉响城市警报，福州的夜色
企图从我体内全身而退，我慌忙收起昨夜暴露的骨头
那刚刚支起的身子又一次垮了下来

——原载于《青春》2017年第11期

周 ZHOU
焱 YAN

江上小船

长年泊在寒雾里
你的体温是冰冷的,客舱干净但小得容不下人
我见过等人暮归的妇人也是这样的

你一直很严肃
孤独的人也是严肃的

那几个遥望的下午
沙滩上多出了几帧狠狠刻画的小像

现在想想
样子还更像我

——原载于《星星》2017年2月副刊

郑立

ZHENG LI

旱芦苇

把一个冬天举起来
冬野的山脊就高出了一分
天空静默。风,在芦苇花上
漂白了被冬天捂黄的念想
芦苇秆在晃动
一只山雀找到了归巢

远离水气的植物,旱芦苇
雨水洗过山梁,便是我一生的净浴
大风刮过山梁,便是我一生的雄放
只为了在冬天,高扬苇花
弥补我旷野的留白,缝补我村庄的想象

——原载于《重庆政协报》2017年12月12日

周航
ZHOU HANG

希望

无人能够阻挡希望
它总会迎面扑来
让人猝不及防
就像
世上没有人能够阻止
每一朵花的绽放

希望总是无声无息
像初潮的江面
像月夜的晚风
不像绝望
总弄出天崩地裂的脆响
和眼神的折弯

老农

一辈子滚在地里,泥中

与那头老牛作伴

精心打磨着一粒又一粒的粮食

数量与身上的汗滴相当

不消说,粮食收集了所有的阳光

泥土收集了你所有的汗滴

重量与你的希冀相当

从你的肤色判断

太阳已把你烧制成了一件陶器

唯一会挪动的古董

你蹒跚着脚步,头颅离泥土更近

这世上的人都在远离泥土

你却希望长埋于土中

岁月不饶人

岁月不饶人

是的,这听起来很真理

没有哪年的岁月饶过人

我怒怼宇宙

我又岂能轻易饶过岁月

我必将天空如火的红日

染成黑暗之中惨冷的白月

一丝丝地

抽出交错横行的皱纹

一根根地
剔出肉中老硬的骨骼
可搓成紧缚心魔的绳索
可磨成刺向虚无的利刃

一掌拍平高山
一脚踩溢大海
然后,化作一粒尘埃
成为永恒
从此,专心与时光作对

——原载于《中华文学》2017年第11期

紫 ZI 罗 LUO 蓝 LAN

重庆早晨

鸟儿练嗓的歌声推开浓雾
重庆城伸了伸懒腰
一个呵欠便惊醒了鱼儿的梦

一群觅食的鱼游进地铁
游进轻轨，游上公路
道路拥挤，堵住了焦躁的前程

食物就在前方，游吧，向前
鱼儿只需填饱肚子
不像人，必须在腹中填满爱

——原载于《四川文学》2017年第12期，发表时署名“罗晓红”

重庆2017年出版诗集简介

邓启权诗集《军号劲吹》

简介:邓启权诗集《军号劲吹》于2017年7月由作家出版社出版,为纪念建军90周年和抗战胜利70周年而作。集诗100余首,共170页。全书从大角度、全方位、真烈迹、长镜头,历史地展现中国军民经过90年的浴血奋战,终于在浴火重生中获得民族的独立和彻底解放,强国强军,矗立于世界民族之林。全集由“军号镇史册”“战斗号角催劲旅”“初心铭刻”三部分组成,在历史的纵深中感受到劲旅的壮行。写大人物、大事件,由小入手,接地气,连众心;写小人物,小事情,见思想,接高天。毛泽东的一根的灯芯、朱德的一条扁担、邓世昌的一声吼、杨靖宇的一包草、地道战的老百姓、王小二的丰碑、红军的半根皮带、朱日和沙场点兵、戍边民兵、守港士兵等等,军、民、官、群,一条心,一股劲,同心同德,九死一生,为的是中国要打赢,永不受欺凌。每一首诗都力求在见人见事中直击人们的心灵,触摸到民族之魂,也是军魂、国魂,从中也可见两个文艺讲话精神。

何开明诗集《岁月星辰》

简介:何开明诗集《岁月星辰》由上海文汇出版社于2017年1月出版。何开明,笔名灵星,成都铁路局文联会员,重庆市作家协会会员,重庆新诗学会会员。全书分为“感悟时光”“时空抒怀”“窗前放眼”“致远乡情”四辑。此书精选了诗人40余年来创作并发表的近200首诗歌力作,诗行间留下了诗人许多青春记忆,也留下了诗人工作、学习和生活中许多不同环境下的珍贵片段。诗人凭着热爱生活与创作诗歌来抒发内心情怀,同时也记录大地山川与民俗风物。诗集《岁月星辰》展示了诗人多年对生活的认知和积累,文笔融入大自然所流露的真情描绘,以及对大众生活场面的现实写照。诗人自幼受巴渝文化熏陶,善观人类发展与走向,也感慨文理良多。诗人青年时就喜爱中国诗词,熟读和掌握古体诗的韵律,常利用骈体文形式创作大量诗歌,也常有小诗散见于全国报刊,偶有获奖。银河倾泻漫地界,雾雨轮回善众生。诗人出版的诗集《岁月星辰》整数200首诗歌,可说是用思维融汇自然,用慧眼定格瞬间。它也极大地展现了诗人内心深处的广阔世界。

海潮诗集《俯首听海》

简介:海潮诗集《俯首听海》于2017年7月由中国大地出版社出版,是一部纪念中国新诗百年献礼诗集。诗集分为七辑,开篇从宇宙的天幕拉开文字的思绪。再以"我是谁"的询问迂回,在爱与时光的彼岸畅游文字。坐北朝南,眺望大地。作品以信仰为阶梯,铺就一条文字与思想的花径。从小我见大我,在痛与爱中起伏,繁衍着宇宙与生命的思绪。演绎灵魂与生命的撞击,灵魂与自然的交响。疾恶如仇。关注人与社会的边缘,叩问夜与浮华的墙壁。挖掘着善的根源,爱的真谛。传递美,传递文字的精神力量。赋予诗歌更多的美好。不以世俗的追求为目的,在宏观世界里,跋涉着肉体的升华。静谧的修筑一条文字的长廊。不以物喜,不以己悲。以谦卑的态度,向爱致敬,向辽阔致敬!像点点星火,将自己逐渐燎原。在繁华的今天,让诗的逸动给予人们更多的精神原动力。怀揣爱的信仰,在繁华与喧闹之中,书写心灵的诗行。面朝读者,春暖花开,用思想启迪灵魂,以文字沐浴生命。发出灵魂的微光。心灵的能力太有限了,马克·夏加尔说"我对困难无所畏惧,因为我的内心始终怀着对人类的爱和守望",这也是诗人书写诗歌的原动力。从宇宙的裂缝,从生命的源头,将文字的触须更多地抵向天空。

罗佳琳诗集《朽木上长出的蘑菇》

简介：《朽木上长出的蘑菇》，2017年7月由重庆大学出版社出版发行。是重庆诗人罗佳琳继2010年出版个人诗集《从未谋面的人》（重庆大学出版社出版，著名诗人、鲁迅文学奖获得者李元胜作序）后，历经7年积淀出版的又一本个人诗歌作品集，该书由作者自序，以“朽木上长出的蘑菇”寓意作者以及作者那一代人，经历艰难岁月后依然没有磨灭的人性的坚韧和美好。书中部分作品曾在《诗刊》《红岩》《星星》《鸭绿江》《诗潮》《重庆日报》《重庆文学》等数十家报刊发表，部分作品为作者近年原创。该书分为五卷，卷一“鸟儿来来回回的迅疾飞翔终于擦燃了闪电”，呈现出浩瀚事物和庸常世事中的人性闪光；卷二“无论快慢我总要用去整个夜晚才能走出黑夜”，试图揭示环宇和人类生活中的某些奥秘和幽微；卷三“在镜中我看见了那个从未谋面的人”，展示了对自我的不断解剖和认识过程；卷四“一轮月亮怎能将天下纷繁交错的思念一一分清”，分享了情感世界和个人生活中的种种韵味；卷五“早来的或迟来的春天都令我欣喜不已”，展现了对未来和美好的憧憬和豁达乐观的生活观念。其中部分作品曾获奖，《雪白的雪》被收入《2016中国最佳诗歌》（王蒙、宗仁发主编，辽宁人民出版社），《照耀》被收入《2017中国年度诗歌》（林莽主编，漓江出版社）。

李华诗集《约》

简介：李华诗集《约》由中原出版传媒集团，大地传媒，中州古籍出版社2017年7月出版。该诗集以巴南山水、人文、地理、历史、亲情、劳动、建设以及非物质文化遗产为写作对象，描写了重庆市巴南区丰富多彩的人文资源、自然资源、历史沉淀；讴歌了巴南人民建设家乡，心系祖国的爱国爱家乡的情怀。作品情感饱满真挚，描写恢宏大气而不失婉约流畅，钩沉历史陈塘泛起，检视现实掷地有声，对家国故园的深沉热爱之情溢于言表，流淌于字里行间。诗集以巴南区镇街为线索，收录作者精心创作的153首诗歌，辅助编入了一部分旅游诗章，是一部了解巴南的诗意地理导读。诗集以“约”为题，盛情邀请有识之人，相约巴南，作者爱家乡的情怀构成了诗集的主线，贯穿于全诗。该诗集经过市区两级专家评审，获得重庆市巴南区2017年度重点扶持文学作品奖励，并成功签约巴南区委宣传部、巴南区文联、巴南区文化委。

释圣静诗集《月印无心》

简介：释圣静的诗集《月印无心》于2017年7月由团结出版社出版。诗集为分“佛缘篇”“禅悟篇”“自由诗辑”三篇，共收录作者创作的170余首诗歌。长寿区作协副主席圆心认为，“《月印无心》是释圣静以‘诗人’和‘僧人’的双重身份，奉献给大众的一道用‘戒定慧’熬制的心灵鸡汤，用自己的苦难与不懈追求刻下的心灵证据。”释圣静：字号月印，俗名叶小兵，1971年生，重庆市长寿区人。现为中国诗歌学会、中国音乐著作权协会、重庆市作家协会会员。

唐刚诗集《唐刚短诗精选·炼狱的歌声》

简介：唐刚诗集《唐刚短诗精选·炼狱的歌声》于2017年10月由中国大地出版社出版。系文学图书品牌“中国诗文金点”(金点书系)隆重推出的“中国新诗百年献礼诗集”丛书，由著名诗人，中国作家协会副主席、书记处书记、鲁迅文学院院长、“中国诗文金点”顾问吉狄马加题写“纪念中国新诗百年献礼诗集”。作为“纪念中国新诗百年献礼诗集·十大实力卷”之一的《唐刚短诗精选·炼狱的歌声》，是诗人唐刚1975年——2016年从事诗歌创作40余年的诗歌自选集，从诗人创作的近万首诗歌中精选出的近300首具有代表性的短诗作品。诗是什么？作者在后记中说：“诗，是人类精神最后一片净土。诗，是人类灵魂最后的栖息地。诗，无论‘现代’到何种程度，总是要让人读懂的文字。言志，抒情，诗美，永远是诗创作要达到的三种境界。”《唐刚短诗精选·炼狱的歌声》中的短诗，就是诗人带给人类精神的一片净土和灵魂的最后的栖息地，就是使人能读懂并能带来美好精神享受的精美文字。正如诗歌评论家谢幕在该书的序言中评介的："作者深刻的生命体悟和审美直觉，简练而富有质感的语言，整体完整而高度统一的诗歌意境，读后给人一种心灵的撞击。"他善于将自己的思想和意识融入诗中，并十分经验地呈现第一现场的感觉。诗人特别善于将生命体悟和审美直觉，用反讽的方法，直接触碰到读者的灵魂深处，达到抽象思维与感性直觉的高度统一。同时，也特别注重诗家语和现实感的通感效应。语言简练而有质感，特别是诗意诗境的整体完整而统一，达到了时间与空间的顺逆互错，达到了"诗到语言为止"的艺术效果。

谭朝春诗集《生命的浪花》简介

简介：谭朝春著《生命的浪花》于2017年2月由重庆出版社出版，是作者在近几年创作的新诗集。该书分"礁石的期待""落叶之歌""螃蟹的宣言""故乡的小河""远与近""翻看个人相册"六辑。第一辑是行吟，行吟于山水之间；第二辑见草木有感，借草木抒发情怀；第三辑与动物相关，让虫鱼禽兽倾吐心声；第四辑是回望故土，以疏解淤塞的乡愁；第五辑属哲思小议，求索生活中的点滴真谛；第六辑则直接抒发对人生的感悟，乃个人大半生在风雨历程中弄潮击浪的结晶之言。这些诗都短小，一首一页，即便不精悍，也可谓真挚、朴实，对语言敬畏而没有玩弄。这些诗一首就是一朵浪花，一朵小小的浪花，生命泅渡于人生之海所溅起的浪花。浪花洁白，浪花有声，相信会有读者喜欢。

编后记

重庆诗歌一直是一只火凤凰

《重庆作家作品年度选·诗歌卷》终于出来了，在2019年的春天。

好在诗歌最经得住时间纠缠，好的语言零件不会自动散架，反而它们会愈加紧密地联结、演进，在新的一天散发出常旧常新的迷人光泽。我们期待您的阅读和批评，正如期待新的一天，更好的诗歌。

从三千多首诗歌邮件中选出三百首，是一桩体力活儿，好比收割稻子的老农，一小片一小片小心地收割，剔除杂草和稗子，然后整齐地打捆和运送。老眼容不得昏花，小腿容不得打抖。一点儿都没得抖音好玩，这是一项古老的劳作，需要持续的阅读和不停地选择。

选择总是痛苦的。尤其之于诗歌，汉人董仲舒说“诗无达诂”，每个人眼中都有好诗的样子，或情或理，或拙或巧，有的着眼于诗歌的小蛮腰，有的看中与地心引力抗争的诗歌之臀。大约就是“兴发于此，而义归于彼”（白居易《与元九书》），在此和彼之间，隔着的是时代、人心、言辞和风景，此和彼最远的距离，也许就是人和天成之诗的距离。

我与冉冉、王顺彬、陈飞数次交流，我们能看到的终归有限，所以我们对诗的选择终归凭了些意气和各人所好，难免有遗珠之憾，诗歌沧海可谓大矣。这是我们必须说明的。其实想到诗之宽阔，这本选集只能说是逼仄的，无非以管窥诗，万象仍在诗外。选入本诗集中的诗作，如未特别说明，均以收稿明署名为准。

诗外的重庆今天成了网红打卡之地，它的魔力来自江河、吊脚楼、穿楼而过的轻轨、上下都不平坦的道路。

这些元素以现代化的名义送进互联网的发酵池，勾兑、狂欢，一张张沉醉的脸一再说明这是一座自带酒量的城市，别有洞天。好比20世纪90年代笑傲江湖的重庆“小洞天”小吃，小面下酒，面子还特大。如今算是看脸下菜，小鲜肉忙着保值增值，鲜有人真的热爱无用之诗。网红重庆是热闹的、是码头的、是集体的。

在网红之外，还有另外一个重庆，诗歌重庆。诗歌重庆是大气的、是江河的、是包容的。

诗歌重庆的气质仍然离不开它独特的地理，如同网红重庆一样，只不过风景转化成了一茬又一茬诗人的语言探险。

在现当代中国诗歌的版图上，重庆诗歌一直是一只火凤凰(重庆地图图形亦近似凤凰)。20世纪80年代，这里诞生了中国第一家专业的诗歌研究机构——中国新诗研究所，一批又一批的诗学人才从这里走向全国。先锋诗歌第一次重要的聚结也发生在重庆，“第三代诗人”的名号在重庆提出，它不只是一个简单的代际区分，它更是自由的诗歌精神的一次觉醒。20世纪90年代，诗歌网站《界限》成为中国互联网诗歌最重要的阵地之一，创下了全国上千诗歌爱好者同时在线的诗歌奇观。

如果说江河给了重庆诗歌远方，那么爬坡上坎的街巷在诗歌重庆曲径通幽，包容语言不同的质地和速度，包容诗人别样的怪癖和情绪。每个诗人都可以通过自己的方式找到街巷的目的地。因此重庆诗歌的传统是多元的、是包容的，在多元和包容中，重庆诗歌的创新令人注目。

在先锋诗歌的谱系上，我们很容易勾勒出重庆诗歌的实验成果。我们看到了口语诗歌，我们看到了以急剧而险峻的语言速度冲刺的抒情诗歌，我们看到了在古典和西方诗艺中流连往返的优雅的抒情诗歌，我们还看到了腰上别着豪猪的莽汉诗歌，还有很多，不一而论。与其说它们共同构成了重庆诗歌的传统，不如说它们丰盈的存在就是重庆诗歌接力的重要起点。独创性才是诗歌的价值所在。

最后，感谢重庆市作家协会的大力支持，感谢入选者的诗作，感谢未入选者的诗作。因为你们的作品让我经历了一次值得记忆的旅行，沿途的风景有别，别才(材)关诗。

金铃子于无聊斋
2019年4月12日